RODUCTION

ボクが人生を自分のものとして意識しはじめたのは、18歳になったころからだと思う。当時単位制だった福生のアメリカンスクールを半年早く卒業して九州へバックパックで旅に出た。帰ってくると、その足で、行きつけだった新宿２丁目のロック喫茶「開拓地」へ行き、アルバイトとして雇ってもらう承諾を得た。昼は上智大学へ行き、夜は朝までその開拓地で働いた。その後、１年足らずでインドに向かい、世界放浪の旅に出ることになる。バスや電車、ヒッチハイクで、7か月間をたった15万円で旅した。そしてアメリカが建国二百年になる1976年１月１日はアメリカにいたくて、その願いを叶えた。帰ってきたら、同年代の友だちがみんな子供に見えた。彼らはまだ親元で暮らしていて、彼らが開拓地に来ても、ボクにとってはそこは仕事場だったから、そこで遊んでいる友だちが子供に見えた。当時、高校の先生でゲイの人がいたんだけど、彼のことをクスクス笑ってる友だちがいて、許せなかった。インドなどで、生きるか死ぬかという生活をしている人たちを目の当たりにしていたから、価値観が変わったんだろう。そしてまたハワイへ行き、半年仕事をしながら過ごし、またサンフランシスコへ向かった。それから20年近くをそこで暮らした。

経験てすごいね。当然だけど、人を変える。どんな小さいことだって、人を変えていく。それを成長に変えていくのは自分だ。経験は気持ちの持ち方次第で、人を左右する。いつもポジティブでいよう。

ボクは今、ラジオパーソナリティをやっているけど、最初の仕事は新宿２丁目の水商売。机の上の勉強より、実践的だ。そこで出会った人からいろんなことを吸収して、様々な人や仕事につながり、今のボクがあるんだ。クルマのメカニックや海水温度の研究者、カウボーイ、リサイクルの店のマネージャー、テレビ撮影のコーディネイター、音楽プロデューサー、まだまだいろいろやったけど、ボクには今でもやりたいことがいっぱいある。たとえばレコードバーを開くこと。朝はオムレツ屋さんをやること。小説を書くこと。スペインやメキシコへ行くこと。どれもボクの中では現実的なことだ。人に会うこと、いろいろなところへ行くこと、すべてに発見があるから、楽しみだ。ボクは人を楽しませるのが大好きだから、余計にそう思うのかな。

こうやって、ボクの人生はまだまだ続いていく。楽しみだな。

CONTENTS

SCHOOLED BY THE ROAD.

第二章　世界が広がると、自分も広がるんだよ…054

第四章　海から、旅から、音楽から、学んだこと…118

MANY STORIES, MANY LAUGHS.

WOULDN'T IT BE NICE?

第六章 結局、こんなふうになれたらいいと思う…190

序章

一九六〇～一九七〇年代、多くの若者たちがバックパックを背負って世界へ旅立った。アメリカ、ヨーロッパだけでなく、日本の若者もおなじだったと思う。ボクもまた一九歳のころから何年か世界中を旅していた。人はなぜ旅に出るのか? これにはそれぞれ理由やきっかけがあったに違いない。ボクの場合は、小学生のとき父親の本棚に入っていた小説から〈放浪の旅〉という種を埋め込まれたのだと思う。ジョン・スタインベック、アーネスト・ヘミングウェイ、そしてもちろんジャック・ケルアックといった作家たちの作品だ。

なかでも特に好きだった小説は、植民地をテーマにしたもの。自分の国ではない場所に住む人たちのストーリーがいちばん好きだった。寂しさや本当にここにいてもいいのかという悩み。ボクのカラダに流れている外国人の血が、共感を呼んだに違いない。サマセット・モーム、ラドヤード・キップリング、ポール・ボウルズ、ジョージ・オーウェル、ジョゼフ・コンラッド。そして、アメリカのSF作家ロバート・A・ハインラインの、宇宙で生まれた人間の話、『異星の客』は、すごく琴線に触れるところがあった。きっとボクも日本に住むアメリカ人として、なにか共通するような部分があったのだろう。とはいえ、エキゾチックな国の話を読むのは好きだったが、当時は自分が実際にバックパックを背負い、それまで読んできた世界に旅立つとは思っていなかった。旅に出るまでには、まだまだ時間がかかった。最初に旅に出たいと思ったのは、一〇代はじめのころに聴いた音楽がきっかけだ。クロスビー・スティルス&ナッシュの一九六九年発売のファーストアルバムから最初にシングルカットされた、グレアム・ナッシュ作の『マラケッシュ行急行』という曲。ナッシュがまだホリーズにいた一九六六年、モロッコを訪れたときに書いた曲だ。カサブランカからマラケッシュに行く列車での旅を歌っている。まだ中学生のボクにとって、モロッコは見たことのない夢の国だった。一九六七年にザ・ローリング・ストーンズがモロッコに遊びに行った話は有名だが、ボクが当時読んでいた作家、ポール・ボウルズの本にも、モロッコがある北アフリカの世界がよく出てきた。そしてそこは、ハンフリー・ボガート主演の映画『カサブランカ』のロケ地でもある。アメリカ人にとっては遠くてロマンチックな国なのだ。この曲は、車窓を介して触れたモロッコの風景や香りを描いている。いわば〈ツーリスト〉の目線に立った曲だ。『マラケッシュ行急行』が全米二八位とヒットしたおかげで、当時のアメリカの若者の頭の中にはモロッコ=エキゾチックな国とインプットされていった。北アフリカでもうひとつ思い出すのは、アル・スチュワートの『イヤー・オブ・ザ・キャット』という曲。この歌は北アフリカに住んでしまう話だ。曲の最初で、次のように歌っている。「タイムスリップしたような国に、ハンフリー・ボガートの映画に出てきそうな朝」と。おなじモロッコの話だと思うけど、こちらは〈ツーリスト〉ではなく、〈バックパッカー〉の感覚なんだ。曲の主人公の男はそこに住む、お香とパチョリの香りがする外国人の女性と出会う。この時代のバックパッカーは、よくこのパチョリをつけていた。バックパッカーの旅では、長いあいだ風呂に入れないことがあるので、カラダの臭いを消していたんだろう。彼女が教えてくれるのは、〈猫の年〉に来たということだけ。彼女は絹のドレスを着て彼を市場に誘い、青いタイルの壁に隠れているドアの中に連れていく。彼は彼女の不思議な世界に入ってしまい、いつのまにかそこに住んでしまうというロマンチックな物語だ。曲の中ではモロッコという地名は出てこないが、青いタイルといえば、モロッコが想像できるというわけ。

またこんな曲もある。ドノヴァンが一九七〇年に出した『オープン・ロード』というアルバムは、タイトルからわかるように〈旅〉がテーマで、インドがらみの話がたくさん入っていた。なかでも、シングルカットされた『リキ・ティキ・タビ』は、ラドヤード・キップリングのインドを舞台にした小説『ジャングル・ブック』のキャラクターを登場させた曲だ。リキ・ティキ・タビはヘビを殺すマングースの名前で、人生という〈旅〉へのメッセージを込めている。いつまでも、リキ・ティキ・タビがヘビを殺してくれると思ってはいけない。政府や教会や学校に任せてはならない。自分でやらなければいけないと諭すんだ。曲の主人公はドラッグはすべてやったというが、そんなことに頼ってはだめだ、ナチュラルがいちばんだ。すべて自分で責任をとり、正しく生きていくのがいい。答えは自分の中にある、と歌っている。

『マラケッシュ行急行』を聴いて旅に出たいと感じたボクだったが、ジャクソン・ブラウンのファーストアルバムが発売された一九七二年、高校一年だったボクは、具体的にはなにも考えていなかった。ただ、このアルバムにはいくつか遠い国のことを思わせる曲が入っていた。そのなかの一曲『ソング・フォー・アダム』は、ジャクソンの昔の友人アダムが、知人からの手紙に自殺したと書かれていたことを曲にしたものだ。そのなかで、かつてジャクソンがアダムの旅の目的地であるインドに魅せられ、彼と一緒に旅に出たことが歌われている。ボクは、そこで歌われている「旅に呼ばれたので、一緒に出かけた」という一節にすごく惹かれたんだ。〈旅に呼ばれる〉とは、いったいどのような感覚なんだろう。やがて、それはボクの身にも起こった。高校三年になって、ボクは新宿の「開拓地」というロック喫茶でアルバイトをはじめた。そこには、たくさんの旅人が訪れた。当時は、南国の夏が暑すぎるからと、インドをはじめ各国から日本に出稼ぎに来ていたんだ。女の子たちはクラブで働き、男たちは英語の先生かコンパ（何百人も入る広いバーのこと）やトランプのディーラーとして働いていた。ボクもそんなお客と話すようになって、いろんな旅の話を聞くことができた。まだ若いボクにとって、彼らの話はすごくロック的だった。ボクが今まで聴いてきた旅の曲の歌詞や、読んできた小説そのままだった。インド、モロッコ、タイ、そしてシルクロードが舞台の話だ。

「開拓地」での体験で旅への欲求がさらにふくらんでいたちょうどそのとき、中学時代の友だちから親の仕事の関係でインドに住んでいるという手紙が届いた。ボクはピンときた。これこそが、ジャクソン・ブラウンの歌詞にあった〈旅に呼ばれる〉出来事に違いないとね。すぐにボクは友だちに会いにインドに向かい、そこからついに、バックパックで世界を一周することになる。その旅の途中、ジャクソンのアルバムのことをよく思い出したんだ。ジャクソンに〈旅からの声〉をもたらしてくれたのはアダムだったけど、ボクにとってはインドに住んでいた友だちだったわけ。ボクはそのあと、インドから南欧に向かった。ギリシャに着いて、寒さから逃れようといちばん南のクレタ島にフェリーで向かった。島に着いてヒッチハイクをしていたら、一緒にトラックの後ろに乗っていた旅人から、南にある小さな村の話を聞いた。そのマタラという名前の村は、ジョニ・ミッチェルのアルバム、『ブルー』の中の『ケアリー』に出てきていたので、記憶にあった。マタラにある「マーメイド・カフェ」という飲み屋で、おそらくミッチェル本人であろう歌の主人公は、ケアリーという男に惚れてしまう。彼と一緒にワインをたらふく飲みながら、マタラの月の下で踊るという歌なんだ。さっそく、ボクもその村に行ってみることにした。マタラは小さな入り江にあり、曲に出てくる通りや「マーメイド・カフェ」も実在した。でも、そこはバックパッカーが飲めるような安い店ではなかった。ボクは、ジョニが当時すでにロックスターだったことを忘れていたんだ。仕方がないから、近所の店でワインを買い、それを持って浜辺で踊ったよ。マタラはヨーロッパに住む人たちが、寒い冬から逃れるために訪れる南の町。アメリカの軍人も、バックパッカーもたくさんいた。お金がある人は小さなバンガローを借りて、お金がない人は海岸で寝ていた。村にある崖の斜面には、やぐらのように掘られた洞窟があり、ベッドのような石の台があった。そこに寝そべる人も多かったので、ボクも泊まろうとしたが、なんともいえない雰囲気を感じてやめたんだ。崖がいつ崩れるかわからないし、狭苦しさも感じたから。そのあと村の人に訊いたら、その洞窟はかつて死体を安置する場所だったという。歌の中では、主人公がマタラの次にはローマかアムステルダムに行くかもしれないと歌っている。ボクとおなじ、世界旅行の途中だったのかもしれない。ただ「清潔な白いシーツやおしゃれなフランスのコロンが恋しい」とも歌詞にあるから、バックパッカーの貧乏旅とは大違いだね。

旅の帰りに、いろいろと気づくことがあった。それはひとりでこんな旅をすると、おなじ年齢の昔の仲間とは、世界が違ってしまうということだ。ヨーロッパをあとにして、ボクはアメリカへ向かった。そしてニューヨークからカリフォルニアに行く途中、中学時代の彼女のところに寄り、居候をさせてもらったんだ。彼女にとってボクはもう不思議な人間になっていたのだろう。旅の話を興味深く聞いていた彼女は、ボクを見る目が完全に変わったようだった。じつは当時はわからなかったけど、一九八七年になって、スザンヌ・ヴェガの『孤独』からシングルカットされた『ジプシー』を聴いて、ハッと気づいたんだ。スザンヌは、旅をしてきたある男に会ったことを歌にしていた。遠いところから来た彼の、目の中に絵が見える。ガーゼをつくるような細い糸を紡ぐように、さまざまなおもしろい話を聞かせてくれる。彼の顔を見るとまだ若いけど、たくさんの知恵がカラダからにじんでいる。旅をしてきて、切なさを持っているその人に抱いてもらいたいと、彼女は歌う。そう、旅に出た人は、そうでない人と違うんだ。旅に出たことで、得体の知れない大きなモノを手に入れてしまう。どこに行っても、集まりの中心に立つ道化師みたいにね。『ジプシー』が発売されたときは、ボクの旅の時代は終盤になっていたけど、この曲を聴いたとき、旅の途中で再会した中学時代の彼女と重なった。

そのあと、旅をしなくなったボクは、ラジオの仕事でスザンヌにインタビューをしたことがあるんだ。そのとき、『ジプシー』について話した。「この曲はボクのことを歌っているんじゃない?」

ってね。スザンヌには笑われたけど、そのあとライヴに行ったら、この曲をボクにデディケイトしてくれた。そのパフォーマンスがＤＶＤとＣＤに残されているのが、ボクの旅がらみの思い出のひとつなんだ。

旅に出ると、人間は変わる。ひとり旅は、自分でも想像しなかった世界に足を踏み入れることだ。ドノヴァンの『リキ・ティキ・タビ』で歌われるような教訓を得られるのも、ひとり旅ならではのものなんだ。でも、誰だって旅に出られるわけではない。そして、旅はいつまでも続けるものでもない。ただ、呼ばれたら素直に旅に出るといい。そんな放浪の旅は若者の特権じゃないのかな。

第1章

大事なことは旅から教わったんだ

SCHOOLED BY THE ROAD.

1 懐かしい場所

ボクの父親のルーツをたどると、イギリスなんだって。
そのせいかな、ボクは、イギリスにいると、不思議な懐かしさを感じるんだ。
テムズ川が流れていて、向こうに草原が見える。
そんな景色を見ていると、じんわりと懐かしさが込み上げてくるんだ。
イギリス人に会うと、父親に似た顔を探してしまう。
「あれ、あの人似てるから、もとは親戚かな」みたいにね。
このあいだ原っぱを歩いていたら、霜が降りていて、足跡がつくんだよね。
それが、なんだか気持ちよくて、
それでね、足が地面にくっついた感じになった。
地面が、ボクを覚えてくれてるみたいな感じ。
遠い記憶って、カラダに刻まれているんだよね。

2 ベーカーストリート

最近、遅ればせながら、シャーロック・ホームズを読もうと思っている。

ボクの好きな曲にジェリー・ラファティの『Baker Street』って曲があるんだけど、ホームズは、ロンドンのそのベーカーストリートに住んでいることになってるんだよね。

ボクは、曲に地名が出てくると、すぐにその場所に行きたくなる。

八〇年代にロンドンを旅行したときに、ベーカーストリートへ行ってみたんだ。

大きな看板かなにかがあるかなと思ったけど、そんなものはなかった。

なんだか暗い通りだった。今でも、その通りがベーカーストリートなのか、自信がないくらいなんだ。でも、雰囲気はあった。

路地の向こうからホームズが出てきそうな気がしたね。

ボクはミステリーをほとんど読まなかったんだけど、なんだか初めて読んでみたいと思った。

まず曲があって、次にその場所に行ってみて、それで本に興味を持つ。

そんなふうにして、ボクは自分の世界を広げていくんだ。

3 ワシントンの昔の友だち

ワシントン州にスポーカンっていう町があるんだけど、
あるとき、ボクは、その町に昔の友だちを訪ねた。
韓国のアメリカンスクール時代の同級生の女の子。
会うのは、一五年ぶりくらいかな。
久しぶりに彼女に会って、びっくりした。
彼女と喫茶店に入って話をしたけど、
その彼女が話す内容があまりにもコンサバティブだったから。
彼女の関心は、天気や作物の出来具合だけに向いている。
アタマはかたくて、よくいえばシンプル。
世界で今、なにが起きているかなんて、
まったく興味がないみたいだ。
すこし、がっかりした。彼女ともっと世界を語りたかったから。

同じワシントン州でも西のシアトルは都会だけど、
東のこの田舎町は、本当になにもないところ。
きっと、彼女はシアトルに行っても、
カプティーノを頼めないんじゃないかな。
この場所が、彼女をこんなふうに変えたのか、
あるいは、もともと彼女はこういう人だったのか。
それは、わからない。
でも少なくとも、暮らす場所って、
人の心を変えちゃうことがあるんじゃないかって思ったんだよね。

4 ハワイでの仕事

二回目のインド旅行を終えて、半年ほど日本に住んだあと、ハワイに向かった。

一九七八年の一月、ハワイに着いたとき、ボクの有り金はほとんど底を尽き、
お財布の中は空っぽだった。

目的地は両親が住むカリフォルニアだったけど、ハワイでお金を貯めて、
カリフォルニアでフォルクスワーゲンを買おうと思っていた。

当時のハワイでは、日本語も英語も話せるボクみたいなアメリカンスクールの卒業生は、
仕事が山ほどある時代だった。

ツアーガイド、ゴルフショップ、ホテル、バスの運転手、さまざまな仕事があった。

それに友だちもハワイにたくさんいたから、彼らの家に転がり込もうという企みもあった。

ハワイの空港に降りた瞬間は今でも覚えている。

降ったばかりの雨に濡れたアスファルトの匂いがした。

空も青くて、風が強く吹いていた。

それまで旅したほかの南国とは全然雰囲気が違っていた。
なぜかわからないけど、
空に向かってのびているたくさんのヤシの木が優しく見えた。
知らない国に初めて足を下ろすときの緊張感はなく、
なにか馴染みのある土地に戻ってきた感じがした。
もしかしたら、ボクはカリフォルニアに行かないで、
ここにいてもいいのかもしれないと思ってしまった。サーフィンもできるしね。
インドで出会ったボクのカナダ人の彼女が、ひと月後にハワイに来る予定だったので、
お金を貯めて、彼女とアメリカとカナダを縦断して、
彼女の地元トロントまでフォルクスワーゲンで行こうと計画を立てていた。
でも最初はひとりだったので、お金を貯めるためにすごくがんばった。
居候、外食なし、食べるものは毎日キャンディーバーひとつとゆで卵。
それからツアーガイドで働いていた友だちのひとりが持ち帰ってくるおみやげのパイナップル。
最初のころはこのパイナップルを食べすぎて、口の中がただれてひどい目にもあったんだ。

5 タナボタのヒッチハイク

高校生のころ、
ボクは、カリフォルニアをヒッチハイクして旅をしていた、
友だちと一緒にね。
あるクルマに乗せてもらったら、そのクルマ、
いきなりある高速道路の出口でボクたちを降ろすんだ。
なんにもない工場地帯だった。
ボクたちは、仕方なくとぼとぼと歩きはじめた。
そこがいったいどこかわからないし、心細くなってきた。
そのとき、音楽が遠くから聴こえてきたんだ。
なんだか聴いたことがあるような音楽だった。
その音のするほうに歩いていったら、
道路のわきの倉庫みたいなところで

あるバンドが演奏していた。
それが、なんとあのグレイトフル・デッドだった！
びっくりしたよ。
だって、ボクは、彼らのレコード、全部持っていたんだから。
そんなビッグバンドが、
なんだってこんなところにいるんだろう。
ツアーの練習中だったらしい。
これだから、旅はやめられない。
出かけないと、出会いはないと思った。

ジェームス・テイラーと、メキシコの夢のサーフトリップ

おそらく一九七六年ぐらいだったと思う。ボクがよくカリフォルニアの海岸線をヒッチハイクしていたころだ。日本を出て世界一周をし、サンフランシスコにたどり着いて住んでいた。そのころはあまりサーフィンもしていなくて、違う世界にはまっていた。

そんなある寒い冬の日、ロサンゼルスから北に向かおうとしてマリブの手前のハイウェイ・ワンで指を上げていたら、ぼろぼろのビートルが止まってくれた。止まってくれたというより、ボクを轢きそうになったと言ったほうがいいかもしれない。ハイウェイの脇の泥に乗りあげてきて、こう言った。「どこへ行くんだい?」。ボクは答えた。「北のほうならどこでも」。「いいぜ、乗りなよ!」。さっそく、ボクは彼のビートルに乗ることになった。上には手作りのサーフラック。彼がドアを開けてくれたときはちょっと驚いた。シートははげて、ココナッツの繊維みたいな素材がはみでていた。床にはファストフードの袋と、灰皿に使われていたコーヒーの紙コップ。そうっと座ってドアを閉めたら、彼はギアをファーストに入れて走りはじめた。バンバンいいながらビートルは一生懸命にもう一度道路に戻った。

バックミラーを見ると、青い煙が煙幕みたいに空を消していった。ステレオはエンジンの音よりも大きかったけど、わりといい音だった。そこでかかっていたのがジェームス・テイラーのアルバム『ゴリラ』だ。曲は『サラ・マリア』。ジェームス・テイラーは知っていたけど、このアルバムは知らなかった。そのとき、ボクはインドを旅したあとだったから、全然聴いたこともなかった。バックパックの旅ではラジオはないからね。その曲が終わり、しばらくなんの曲もかからなかった。車を走らせながらお互いにいろんな話をしていたら、急に車が大きな石にぶつかったような音がして、自動的にA面にガチャッと変わった。その次にかかった曲が『メキシコ』。ボクたちの会話は自然と止まり、ふたりでマリブの海岸線の景色を見ながらジェームス・テイラーの優しい歌声を聴いていた。曲が終わったとたん、ボクの頭の中はメキシコだった。曲の中の歌詞でジェームスがこう歌っている。〈行ったことはないけど、一回でも行きたい〜♪〉。その瞬間からいつかメキシコに行こうと決めたんだ。ボクを車に乗せてくれた彼は何度もメキシコへ行っていた。夕陽を見ながらいろんなメキシコの話を聞かせてくれた。カリフォルニアのサーファーにとっては、メキシコは夢のサーフトリップの場所。アメリカの隣の国だけど、メキシコの時間は一〇〇年前にタイムスリップしている。まっすぐ南へ走れば、バハ・カリフォルニア半島。今でも海岸線を走れば、誰もいないポイントがたくさんある。小さな村に入って、ビールと辛いメキシコ料理。でもそこにいるかわいいセニョリータには声はかけられない。ちゃんと兄貴が横から見張っているからね。何時間かして、お互い行きたい方向が変わり、ボクはその車から暗くて寒い道路に降りることになった。その夜は朝まで車が止まってくれなかったんだけど、ジェームスの歌が寒い夜を暖めてくれた。〈行ったことはないけど、一回でも行きたい〜♪〉。それから何年かして、ボクはもう一度サーフィンにはまって、その後何回もメキシコに行くことになった。カボ・サンルーカスのそばのジッパーズにはよく行った。今も海の沖に沈む紅色の太陽を、もう一度見たいと思う。

6 見知らぬ道の先にあるもの

ボクがその昔、サンフランシスコに住んでいるとき、
友だちと車で、ロスへ仕事に行ったことがあった。
普段だったら、海岸線のハイウェイ・ワンで
いろんなポイントをチェックしながら帰ってくるんだけど、
ボクたちは通ったことがない道で帰ろうということになり、
ルート一〇一も、ハイウェイ五も使わず、
そのふたつのハイウェイのあいだの、
噂でしか聞いたことのなかった
小さい道をたどりながら帰ってきた。
途中、サンタバーバラの北から、牧場のゲートのようなところを通り、
野原を横切る道に入った。
次第にその道は看板も見あたらない小さなジャリ道になってしまった。

だけどその道を何時間か走ると、
ゆっくり流れている浅い川にぶつかり、
その川沿いを少し走っていくと、
一軒のお店にたどり着いた。
店に入ると、バーカウンターと、
いくつかのプラスチック製テーブルの周りには
プラスチックの椅子が並んでいた。
テーブルには誰もいなかったけれど、
そのカウンターには圧倒されるほどたくましい、
何人かのカウボーイと道路工事の男たちがいた。
ボクたちもできるだけジョン・ウェインのように、
たくましくカウンターに向かって歩いて座った。
すると、髪も髭もぼさぼさのバーテンダーにこう訊かれた。
「ここ初めて?」。ボクたちが答える前に、
彼は「氷はないから、ウィスキーストレートか缶ビール、

それからポップ（コーラなどの炭酸水）だけだ」と言ってきた。
そして、「なにか食べ物はあるか」と
ボクたちが訊くと、彼は笑って
「サンドウィッチかチップス」と答えた。
話を聞くと、
その店には水道がつながっていないため、
食器は洗えない。
よくピクニックで使う紙コップと紙皿しかないという。
店のライトや冷蔵庫は、
外にある自家製のガスジェネレーターにつながれていた。
トイレは外にあり、
アメリカの昔の西部劇によく出てくる、
人がひとり座れるぐらいの木造のアウトハウス。
手洗いは井戸水だ。
店の中にいる男たちの会話をこっそり聞いてみると、

ピストルとライフルの話をしていた。
そのひとりは、
「酔っぱらって、自分の足を撃ってしまった」
と笑って言った。
不思議な光景だった。
でも、これが人生のサーフトリップ。
いつもと違う道を選んだからこそ経験できたことなんだ。

7 ペリカンの踊り

どんな人にも、
マジック・プレースっていうのがあると思う。
そこに行けば、不思議な時間を過ごせる、
自分だけのスペース。
ボクにとっては、サンフランシスコの丘が、その場所。
サーフィンをしていて、海にペリカンがいると、
ボクは、夕方、その丘に行くんだ。
風の強い丘。
駐車場にクルマを止めて、それを待つ。
それは、突然、やってくる。
クルマに乗って待ってると、やってくる。
それはね、ペリカン。

崖から、ぐーんといきなり現れて、
クルマすれすれに飛んでくる。
その数が、はんぱじゃない。
ペリカンって、すごく大きな鳥なんだ。
大きく羽ばたいて、まるでダンスを踊るように、
ボクのクルマの上を飛んでいく。
何羽も何羽も…。
そんな風景、ほかに見たことないよ。
夕焼けの赤い色をはねかえしながら、
飛んでいくたくさんのペリカン。
マジック・タイムだよ。

カボ・サンルーカスへの旅とチャブーカ・グランダの『フィーナ・エスタンパ』

ボクのメキシコへの最初のサーフトリップは、カボ・サンルーカスだった。サンフランシスコ州立大学の学生のときだ。ボクも含めて五人で行ったけど、そのうちサーファーはふたりだけ。ほかのメンバーはスペイン語が話せるというジェフ（スペイン語でヘフェ）。もうひとりはお金持ちで、酒をおごってもらおうという魂胆があり、最後のひとりは大きなアメ車を持っていたから。考えてみると、ボクが声をかけられた理由は、きっと車を直せたからだ。ボクたちは巨大なアメ車に乗り、南へと向かった。当時のメキシコはガソリン不足で、ガソリンスタンドは昼間しか営業せず、夜になる前に売り切れ。砂漠のなかにあるスタンドにたどり着いても、次の朝まで車の中で待つしかない。普段はカボまで二、三日で行けるはずなのに、一週間ぐらいかかってしまった。車は故障するし、大変だった。カボにたどり着いたのは、夕方。ビーチにテントを張り、何人かが食事用のロブスターを獲りに海へ潜りにいった。その晩は茹でたおいしいロブスター・ディナーだった。砂丘の向こうから優しい女性の声の歌が聴こえてきた。〈フィーナ・エスタンパ、キャバレロー、フーィナ・エスタンパ〜♪〉。その歌声に惹かれて、ボクはひとりでその音楽のほうに歩きはじめた。砂丘の裏にはテントがひとつあって、カップルがいた。ボクは「ハロー」と挨拶した。男が「座ってビールでも飲む?」と誘ってくれた。そして、彼らのラジカセから流れていた音楽の話になった。ペルーの歌姫、チャブーカ・グランダだった。ナイロン弦のアコースティックギターと声だけ。彼女の歌は、スペイン語がわからないボクの心の奥にまでちゃんと響いてきた。ボクたちは焚き火の前で話しながら、そのレコードを寝るまで聴いていた。彼らはふたりともボクとおなじハーフだった。

男性はウルグアイとイギリス、彼女はパラグアイとイギリス。まさにボクは心の癒しの場を見つけたみたいだった。

そのあと、アメリカに帰ってレコードを探したけどすぐには見つからず、やっとサンフランシスコのメキシコ街にある小さなレコード店で見つけた。今でも彼女の歌を聴くと、あの砂浜でふたりと過ごした時間を思い出す。日本のCDショップで探すのは難しいと思うけど、インターネットでならすぐ見つかるはずだ。

〈フィーナ・エスタンパ、キャバレロー、フィーナ・エスタンパ〜♪〉、あの優しい歌声が頭の中に永遠に残っている。

8 ドイツの森

ドイツというと、思い出すことがある。
それは、深い森。
とてつもなく怖い、ドイツの森。
アフガニスタンで知り合ったドイツ人が、
「いつか自分の住んでいるところにおいでよ」と言ってくれたので、ドイツに行った。
クルンという街の近く、レバークーゼンというところだった。
もらった住所をたどっていくと、どんどん街から離れていく。
心細くなりながら、さらに、森深く入っていくと、その場所はあった。
それは、ただの小屋だった。
まずトイレがない。
夜中の森は怖い。
特に、ドイツの森は恐ろしかった。

暗い、深い、ドラキュラか悪魔が住んでいるような不思議な妖気が漂っている。
変な鳥の鳴き声。濃い緑の匂い。獣の雰囲気。
二週間いたけれど、その怖さに慣れることはなかった。
その小屋に滞在しているときに、あるお金持ちの家のパーティに呼ばれた。
びっくりしたのは、そのお屋敷の前にびっしりビートルが止まっていたこと。
これがドイツなんだな、と思った。その光景は今でも覚えている。
色とりどりのカブトムシたちが、駐車場を埋めている。
そのパーティで、ボクはあるドイツ人の女の子に、すごいひと言を言われた。
「Hello,fuck me!」
アメリカでは、もっとも品のない言葉。
タチの悪いアメリカ人に教えてもらったのかな。
彼女にしてみれば「デートしましょう!」くらいの意味だったと思うけど、
いきなり言われて、ボクはシャンパンを落としてしまうほど、びっくりした。
旅は、いつも予測ができない。
だから、自分のボーダーを超えられる。

9 テキサスの教会

みなさんは、実際にどこかに行ってみて、
「あれ？」と思った場所はありませんか？
ボクにとって、テキサスのアラモが、その場所。
テキサスのサンアントニオという町のアラモは
映画のタイトルにもなったし、
歴史的に有名な教会がある。
ボクのイメージでは、一面の砂漠。
そこにポツンとある教会。
テキサスの歴史は、そこからはじまった。
ボクは、ワクワクして、そこに行ってみた。
でも、行って驚いた。
だって、その教会は、オフィス街のビルの谷間にあったんだ。

ガッカリしたよ。すごく期待していたからね。
でもさ、よく考えてみれば、
あたりまえかもしれないな、って思った。
だって、その教会からテキサスが始まったとして、
何百年も経っている。
今のテキサスにとっては、
それは、ほんの一部なんだよね。
でも、ボクにとって、その教会がテキサスそのものだった。
そして、こう思った。
やっぱり行ってみることは大事だなって。
行って、がっかりしてもいい。
大事なのは、リアルに今を感じることだ。

10 国境を歩いて越えた

そのとき、ボクとガールフレンドはカナダからアメリカに向かって歩いていた。
ヒッチハイクをして…。
そのころは、今よりもっとヒッチハイカーが多かったから、
クルマもけっこう止まってくれたりした。
だから、お金を使わずに大陸を横断できた。
また、クルマが止まってくれた。ボクと彼女は、当然のようにクルマに乗り込んだ。
クルマはひたすらアメリカをめざす。
標識に、BORDERという文字が出てくるようになった。
国境が近くなったんだ。
周りを見ると、きれいな公園だった。その公園があんまりすてきなんで、
ボクと彼女は、ドライバーに「ここで降ります!」って言ったんだ。
そこでキャンプしてみたくなったから。

国境近くのカナダの公園。ボクと彼女はテントをはった。

ところが、急に雨が降ってきた。それも冷たくて、激しい雨なんだ。

寒くて寒くて、こごえそうになった。

仕方がないから、ボクたちはまたヒッチハイクすることにした。

まあ、すぐにクルマは来るだろうと思ってね。

でも、うまくはいかなかった。クルマは、たしかに通るんだ。

ただ、止まってくれない。水しぶきをあげて、無情にもクルマは行きすぎる。

理由はすぐわかった。

ここが、国境の近くだから。

カナダとアメリカは、パスポートなしでも渡れるくらい、フランクな関係だからと安心していた。

でも、国境の近くというのは、どんなところでも独特の緊張感があるもんなんだ。

いろんな人が、いろんな目的でそこを越えるからね。

結局、ボクと彼女は三時間かけて国境を越えた、歩いてね。

歩きながら、思った。

BORDERを越えるのは、苦労したほうがおもしろいってね。

11 出逢った絵描きは？

ボクが大好きなハワイのラハイナという村に、
もっともお気に入りのサーフポイントがある。
ボクが二二歳くらいのころ、
そこである青年に出会った。
彼はサーフィンがうまかった。
サーフポイントには、ボクと彼だけ。
名前を訊くと、「クリス」と言った。
ボクたちは暗くなるまでサーフィンした。
そして、そのあといろんな話をした。
彼は絵も描いていて、絵の話でも盛りあがった。
そのとき、ボクはうれしかった。
大好きな自然の中で、

好きな話ができる友だちにめぐり逢ったからだ。
そのあと、ボクたちは別れて、連絡を取り合うこともなかった。
でも、その後、びっくりする再会を果たす。
クリスチャン・ラッセンのギャラリーを覗いたら
絵の横に本人の写真があった。
僕は初めて
あのラハイナで会った青年が
クリスチャン・ラッセンだと気づいた。
彼は、あのあと、有名な絵描きになった。
こんな再会は、すごくうれしい。

紅茶飲めない

ボクは、朝、紅茶を飲むことができない。飲むと、必ず気持ち悪くなるんだよね。これには訳がある。昔、ギリシャを旅していたとき、フォルクスワーゲンのバスに乗せてもらったことがあるんだ。年老いたアメリカ人の夫婦だった。奥さんが、ボクに、紅茶を飲ませてくれた。ボクは「ありがとう!」って、飲んだんだ。クルマは、くねくねした山道を走りはじめた。お腹がすいていたときに、紅茶だけを飲んだからかな。だんだん気持ち悪くなってきた。ボクはね、クルマ酔いなんてしないんだけど、そのときの苦しさは、ハンパじゃなかった。つらかったなあ。

それからだね、朝、それもお腹がすいてるときに紅茶を飲めなくなったのは。紅茶の匂いをかぐと、今でも、あのギリシャの山道がせまってくるんだ。

ペディキャブ(輪タク)のドライバーの仕事

ある日、ゴルフショップの休憩時間にご飯を食べていたら、店の裏手にある免税店の前にペディキャブのドライバーの人たちがたくさんたむろしていた。そのなかに日本人がひとりいて、ボクが話しかけたら、「一日六ドルで輪タクを借りて、儲けは全部自分のものだ」と説明してくれた。「八ドルだったら屋根付きの輪タクが借りられる」と彼はつけ加えた。それはおもしろいなと思って、普通は朝の一〇時から夕方四時までの営業だけど、試しに夕方の四時から夜一〇時まで借りて、その仕事をはじめたんだ。輪タクを貸し出す会社はゲイのカップルがやっていて、輪タクは小さなホテルの駐車場に五〇台ぐらい置いてあった。その会社はしっかりしていて、仕事をはじめるとユニフォームの黄色いTシャツをくれるんだけど、背中には会社の名前が、表側には「VISITOR INFORMATION（観光案内）」って入ってた。観光客はよくわからないから、「動物園はどこですか?」とか「シェラトンホテルはどこですか?」などと訊きにくるんだよね。ペディキャブの料金は、たとえば免税店からシェラトンワイキキホテルまでだったら八ドルぐらい取れる。一時間ツアーが二〇ドルだったけど、五ドルのチップをくれるから、一時間で二五ドルも稼げて、当時、だからペディキャブはすごくいいバイトだったね。試しに二日間やっていい稼ぎになったので、朝一〇時から夕方の四時まで、ペディキャブの仕事をはじめた。でも仕事は朝一〇時から正午ま

でで、正午から二時までワイキキでサーフィン。ハワイって、正午から二時まで誰もサーフィンしないんだよね、暑いから。だからワイキキはガラガラだった。それから二時から四時まで仕事に戻ったんだけど、それで一日四時間ぐらい働いて一〇〇ドルぐらいになった。毎日、お昼になると免税店の前でハレークリシュナの信者たちが「ハレハレー〜♪、ハレークリシュナ〜♪」って歌っていたんだ。彼らと仲良くなったら、毎日ベジタリアンランチをくれるようになった。当時、ハレークリシュナは全盛期だったね。インドのヒンズー教の神さま、クリシュナの布教活動なんだけど、一〇人ぐらいで道路で踊って歌っていたね。ちなみにペディキャブは、アメリカ人は太ってる人が多いから、運ぶなら日本人。当時、ほとんどの日本人観光客はマカデミアナッツのチョコレートを買っていたから、一ダースとか大量のおみやげを持って免税店から出てきた日本人をホテルまで乗せるために、ボクはいつも免税店の前で客待ちをしていたんだ。そうすると六ドルとか八ドル、一〇ドルになるじゃない。また、その人たちからワイキキを案内してくださいって頼まれると、今度はツアーを売るんだよね。ワイキキのツアーで、普通一〇分で回れるところを一時間かけて回る。動物園や水族館、デューク像の前に止まって、彼らに記念写真を撮らせる。あるとき、ヤシの木の上にガラスの瓶みたいなのがあって、カップルの女の子から「あ

れなんですか?」って訊かれたので、「ココナッツオイルを取っている」っていいかげんなことを答えたんだけど、夜見たら、光っていたので電球だったんだね。ウソを言っちゃったけど、観光客は楽しそうだったからいいんじゃないかな。新婚旅行のカップルから、「ありがとうございます」って手紙や、おせんべいとか日本茶なんかも送られてきたりした。ボクがハワイに来て一か月後にタイから彼女が合流して、一緒にペディキャブをはじめた。ボクは一〇時から四時までやらないと一〇〇ドルにならなかったけど、彼女の場合、正午ごろまでに一〇〇ドル稼いじゃう。

免税店から日本人の観光客が出てきて、彼女はビキニでやっているから、「写真撮っていいですか」、「はい、チップ」ってすぐに一〇〇ドルになってしまうんだ。またよく、お客さんから、「どこかおいしいところ知っていますか?」って訊かれるんだ。「ステーキがおいしいですよ、マヒマヒがおいしいところありますよ」って答えるんだけど、そんなレストラン、どこでもあるんだよ。「じゃあ、一緒に行きませんか」って誘われて、ディナーをご馳走になったうえにチップまでもらって帰れた。ほとんどホテルの中のレストランとか、日本人観光客が入りにくい街中の高級レストランだった。また日本人観光客の多くはツアーで来ているから、ツアー会社からホテルの食券を渡されている。だからボクはよく「いつ帰るんですか?」って観光客に訊いてた。それで、

「明日帰ります」っていう人からあまった食券をもらって、シェラトンとかヒルトンのモーニング・ビュッフェを食べていたんだ。でもボクはおしゃべりだから、ほかのドライバーに食券のことをしゃべっちゃったんだ。そうしたら、ホテルのモーニング・ビュッフェにドライバーがたくさん来るようになって、ホテル側は食堂に入る人たちに「ルームキーを見せてください」ってチェックするようになってしまった。いわゆるペディキャブのドライバーは入店禁止になっちゃったんだ。笑っちゃうよね。周りを見たら、ドライバーだらけなんだもの。ホテルのビュッフェはいいんだよね。ヨーグルトも果物も豊富だし、目の前でオムレツも焼いてくれるし。豊かな気持ちになれるもの。

アラモアナ・ショッピングセンターまでは十一ドルだったけど、途中にちょっとした登りの橋があって、ボクは勢いをつけて乗り越えるんだけど、彼女は越えられないので、お客に降りてもらって一緒にペディキャブを押してもらうんだよ。彼女は押してもらって、「大変ねー」って言われて、チップも大目にもらえる。でもアラモアナから帰りの客を見つけるのが難しかったね。免税店の前は客待ちにはパーフェクトな場所。だって朝七時に空港に着いた観光客は正午までホテルにチェックインできないから、免税店に行かされちゃう。

ペディキャブの仕事は太陽の下で客待ちしているから、すぐにいい色になる。サモアンのドライバーもいて、初めて友だちになったんだけど、彼はウェイトトレーニングをしなくても筋骨隆々だった。ハワイアンはサモアンと仲があまりよくなくて、よくケンカしていた。だからペディキャブのドライバーたちはサモアンをあまり乗せたがらない。ボクは、免税店の前にサモアンのペディキャブがいたときに日本人の観光客を何回か紹介してあげたことがあったんだ。そしたら、ワイキキの裏にサモアンのゲットーがあったんだけど、そこへボクが行くと、サモアンから挨拶されるようになった。あるとき、免税店の前で客待ちをしていると、ひとりのサモアンが「乗せて」って来たんだ。ボクがそのサモアンのお客を乗せて走っていたら、ほかのペディキャブの連中が、やべえーって顔をして、ボクたちのほうを見ている。サモアンの友だちにお客を紹介したおかげで、ボクはサモアンからノータッチだったんだ。最高だったね。ペディキャブをやっていたドライバーは、カナダ人やメインランドからきた白人の女の子もいたし、日本人もひとりいた。それからブラジル人のゲイのカップルもいたし、ゲイのペディキャブのドライバーも何人かいて、そいつらが来ると、客待ちのあいだ、踊ったりしていたね。

一月にペディキャブのドライバーをはじめて、五月のゴールデンウィークが明けると、日本人観

光客が全然来なくなったので、彼女とカリフォルニアへ向かった。ペディキャブの仕事をしたおかげでけっこうお金は貯まって、カリフォルニアで二〇〇〇ドルぐらいのワーゲンのビートルを買った。それから何年かのち、ハワイの道からペディキャブが消えた。噂によると、タクシー会社の圧力に負けたようだ。楽しいハワイの文化が消えてしまったようで、寂しかった。ペディキャブは自転車の速度でゆっくり走れるし、ハワイではオープンエアーが気持ちいいし、きれいな海の景色も堪能できて、観光客に人気だった。それにいつも海を見ていられるし、サーファーにとってペディキャブの仕事は最高だったんだ。今だったらペディキャブは環境に優しいから、受け入れられるかもしれないね。

インディアン？

一九八五年ごろの話だ。アリゾナの砂漠をまっすぐのびるハイウエイのはずれに、一軒のカフェがあった。ボクと日本人のガールフレンドは、そこに入った。店にはネイティヴ・アメリカンのおばさんたちがたくさんいた。隣のテーブルに座っていた四人のおばさんたちが、ボクたち

GeorgeCockleを知るヒント

に微笑んでいた。あるおばさんが「あなた、どこの部族?」と訊いてきた。ボクは、てっきり日本人のガールフレンドに訊いたんだと思ったんだけど、違った。彼女たちはボクに、「インディアンの血が混じってる」と言うんだ、目の色がおなじだと。ボクの目はグリーンだけど、若いころはもっと濃いグリーンだった。不思議な気がした。でも、あまりに彼女たちがおなじだというので、なんだかうれしくなってきた。ボクが何回も違うと言っても、相手にしてくれなかった。自信満々に「あなたはインディアンよ」と言ってから、なにもなかったように、彼女たちはまた自分たちの会話に戻っていった。自分のルーツを考えるのは楽しい。人類はみんな、ひとつだって気がしてくるからね。そしてこの話から何十年も経ったとき。考えてもみなかったことが発覚した。ボクのアメリカのひいおじいさんには三人子供がいたんだけど、奥さんが亡くなったあと、住み込みのお手伝いさんと結婚して、子供を三人つくった。そのうちのひとりがボクのおばあさんだった。なんとそのお手伝いさんがネイティブ・アメリカンだったんだ。ということは、僕は八分の一ネイティブ・アメリカン! この事実を知ってから、この話を思い出した。あのアリゾナのおばさんたちは鋭いね。もう一度、あの四人に会って伝えたい。ボクもネイティブ・アメリカンの血が入っていたって。でも、今のところまだ、どの部族かはわからないけど。

第2章

世界が広がると、自分も広がるんだよ

AS THE WORLD EXPANDS, SO DOES OURS.

12 愛と青春の旅だち

リチャード・ギア主演の『愛と青春の旅だち』という映画、観たことがありますか？
暗い過去を振り切るように、
アメリカ海軍士官学校に入った青年（リチャード・ギア）が、
町工場で働く女性（デブラ・ウィンガー）と愛をはぐくみながら、
厳しい訓練、親友の自殺を乗り越えていく青春映画なんだ。
アメリカでも大ヒットしたんだけど、
この映画を観た人と話していて、
どうも日本の人とアメリカの人では、
観ているポイントが違うなあって思った。
日本人にとっては、この映画はラブロマンスなんだよね。
でもアメリカ人にとってこの映画は、違う社会に生きる人の話。
その象徴的なものが、青年のタトゥーなんだ。

アメリカ社会って、
タトゥーをしてる人と、してない人で分かれる社会。
青年は、それを隠しながら生きている。
そんな彼が、自分で力で上のクラスにはい上がっていこうとする。
町工場で働く女性は、
いわばおなじ階級の人。
親友は上の階級の裕福なお坊ちゃん。
親友は生きている世界の違いに悩んで、
自殺してしまう。
一度観た人ももう一度、
まだ観ていない人はぜひ観てください。
アメリカが見えてくるから。

13 インドの列車

インドで、列車を使って、南に行こうと思った。

駅でチケットを買うと、日付が昨日になっていた。

「おかしいな、なにかの間違いかな」と思って、駅の人に訊くと、

「これであっている」って言う。

列車がなんと一二時間、遅れているんだって。

始発の駅から、まだ二〇〇キロしか走っていないのに、もう一二時間遅れている。

その列車に乗って、遅れた原因がわかった。

列車は駅でもない、畑の真ん中で停車する。そこにはカフェがあって、車掌が休憩する。

物売りの子供がやってくる。列車は動く気配もない。

ボクは、イライラするのをやめた。車掌と一緒に列車を下りて、お茶を飲んだ。

インドは、そういう国なんだ。

でも、「この列車、あと何時間、遅れ続けるんだろう」と、すこし怖くなった。

14 足跡を守る男

小さいころ、家族みんなでテキサスの田舎町に行った。
広い場所に、男がただ座っていて、お金をとっていた。
なんだろうと思うと、恐竜の足跡が残っている場所だった。
水のない川に、ダイナソーの足跡が延々と続いていた。
男はビールを飲みながら、それを見せてお金をもらっていた。
男は、ボクの母親を見て、「あ、日本人か。外国人だな」と言った。
「あんたは、どこの人だ?」と、男が父親に訊いて、
父親が「シカゴだよ」と答えると、彼はこう言った。
「なんだ、あんたも外国人かよ」。
そう、そのころのテキサスってほんとに田舎で、シカゴは外国だったんだ。
今は、きっと観光地になってしまっているんだろうな。
でも、あのときの、のんびりした感じが忘れられない。

ウェットスーツのお尻の穴とグレン・キャンベルの『ガルベストン』

音楽は脳裏にさまざまな思い出を呼び起こす。その曲を初めて聴いたときの空間や場所、そのときつきあっていた彼女…。でも逆に、ひとつの出来事がある曲を思い出させてくれることもある。最近、こんなことがあった。海に入っていたら、ボクが小学生のころに聴いた曲が頭の中をよぎった。その曲はグレン・キャンベルの一九六九年のヒット曲『ガルベストン』（この曲を最初にレコーディングしたのはあのハワイのドン・ホーだったけど、ヒットさせたのはグレン・キャンベルなんだ）。海に入ろうと思ったら、ボクのウェットスーツの背中に小さな穴が空いていて、でも外はそんなに寒くなかったから、そのまま海に入ったんだ。そのポイントはグーフィーで、ボクにとってはバックサイド。一本目、良い波に乗ったら、後ろからボクの背中に大きなリップが落ちてきた。その勢いで、五〇〇円玉ぐらいの穴が一万円札ぐらいの穴になってしまった。水がガッツリ入ってきたからわかったよ。でも、波が良かったから上がらないで、また沖へ戻って波を待った。次の波に乗ったら、今度はお尻まで涼しくなったんだ。後ろを向いてチェックすると、穴はすごく大きくなっていて、お尻が丸見えだった。一緒に海に入っていた友だちによると、ボクの宝物も出ていたみたいだ。さすがに海から上がったよ。なぜボクの宝物が出ていたこととグレン・キャンベルの『ガルベストン』が関係あるかって？ それはボクが小学六年のとき、家族と一緒にテキサスの海辺の町、ガルベストンに行ったときのこと。そのころ、この曲がヒットしていて、よくラジオでかかっていた。ある雨の日、家族と食事をすることになって、ボクはシーフードが嫌だからと言って、家族がレストランで食べているあいだ、その海沿いのレストランの入り口で暇をつぶしていた（バカだよね。今考えれば、どんなシーフードレストランでも、ハンバーガーはあるんだから）。そのとき、暗闇の中からウェットスーツを着たふたりのサーファーがサーフボードを持って歩いてきた。そのひとりのウェットが破れていて、彼のお尻が丸見えだったんだ。でも、なぜかわからないけど、それがかっこよく見えたのを覚えている。そう、ボクもお尻が丸出しになったとき、その当時のテキサスのことを思い出したんだ。そして、その町の曲『ガルベストン』もね。曲が思い出を蘇らせることもあるけど、思い出が曲を持ってきてくれることもある。今日のことを思い出すことがあったら、どんな曲がバックに流れるだろう？ そういえば『ガルベストン』をテーマに原稿を書いたな、なんて思いながら、鼻歌を歌うかもしれないね。

15 冬のボストン

ボストンからクルマで一時間くらい走ったところに、
ケープコッドというリゾート地がある。
夏になると、みんなが避暑にやってくる海辺の村。
でも、ボクと友だちは、真冬にその村へ行った。
夏はきっとにぎわうんだろうけど、
冬は寂しいところだった。
寒さはハンパじゃない。人もいない。
ボクたちは、暗闇のなか、灯台をめざして走った。
レストランに入ったけれど、客なんかいない。
バーに入っても、いるのは地元の人だけ。
でもね、ボクは思った。
夏の町に冬に行くと、

その町の本当の姿がわかるって。
夏はいろんな観光客が来るから、
飾った姿しか見せない。
でも冬になると、みんなは普段の暮らしをしている。
バーでも珍しがられて、
いろんな人が話しかけてくれる。
そこで、ボクはわかるんだ。
この村の人がなにを食べて、どんな暮らしをして、
なにを考えて生きているかが。
夏の町に冬に行く。
みなさんも一度、試してみてください。

16 ヘビーローカル

アメリカの『ザ・サーファーズ・ジャーナル』誌は、
いまだにボクが入っていた
サンフランシスコのサーフポイント
「フォート・ポイント」のことを記事にしていない。
理由はローカルがうるさいから。
ある日、こんなことがあった。フォート・ポイントに行ったら、
知らない男が乗ったボロボロの車が駐車していて、
ボクはその隣に車を止めた。
車から降りたボクが、ウェットを着るので右側のドアを開けたら、
そいつの車にコツンと当たってしまったんだ。
そしたら、そいつがすごい勢いで怒ってきたので、
ボクは「ソーリー」って言ったんだけど、彼は怒鳴りつづけるんだ。

ボクは知らんぷりして聞き流していたんだけど、
そのとき、ちょうど波乗りをしていたローカルたちが
海から「HEY! GEORGE WHAT'S UP?」って、
声をかけてきたんだ。そしたら、彼はボクの顔を見て、
そして海にいる連中を見て、ボクが彼らと会話をしているんだとわかったら、
なんにも言わないで車に乗って帰っていっちゃったんだ。
きっと文句を言った彼は、
ボクのことをローカルだとは思っていなかったみたいだね。
そして彼は二度とフォート・ポイントに入れない。
アメリカのサーファーは仲間意識が強いから、
仲間がなにかトラブルに巻き込まれたら、すぐ助けに来てくれる。
こういうのがローカリズムっていうんだろうね。
フォート・ポイントはポイントブレークだから、
ひとつの波に何人も乗れないので、ローカリズムが強くなっちゃうんだろうね。

17 海水温度の研究

アメリカのマリンカウンティに住んでいるころ、父親は海水温度の研究の仕事をしていた。
まずコンテナ船が港に着くと、その船に積んでいるコンピュータのデータを受け取る。
それがどういうデータかというと、船に弾(たま)を打つ鉄砲のような機械があって、
二時間おきに船員がワイヤーのついた弾を海中に撃ち込む。
弾には水深と海水温度が同時に計測できる装置が付いていて、
ワイヤーからデータがコンピュータに送られてくる仕組みになっている。
父親は、そのデータを二週間に一度、船から回収するという仕事を、
アメリカでいちばん大きなスクリップス海洋研究所から委託されてやっていた。
父親がその仕事を辞めたあと、ボクらが引き継いだんだ。
その研究所で働いているのはほとんどが博士で、嘱託とはいえ、
博士でないのはボクらぐらいだった。
この仕事はちゃんと保険もついていたし、

人並みに暮らせるぐらいの月給がもらえていた。

実際、ボクはそれで生活をしていたから。

スクリップス海洋研究所はいろんな国のコンテナ船二〇隻ぐらいと契約していて、
その船が港に入るたびにデータの回収に行っていた。

弾を落とす海域は指定されていて、だいたい太平洋のど真ん中で、
船の航路は船によって違うから、さまざまなデータを取ることができた。

弾にはセンサーも付いていていて、速さが記録されているから、
海中温度の違いで海中の層と流れの向きがわかるんだよ。

弾は鉛でできていて、砲丸投げの球みたいにけっこう大きいんだ。

ケースにその弾が二〇個入っていて、それを担いでコンテナ船の階段を上がらなければいけない。

肩に担がないと持てないぐらいの重さ、二〇キログラム以上もある。

それを四ケース。階段を上がったり下がったりの四往復はけっこう重労働だったよ。

その仕事は船が入ってきたら、夜中に行けばいいので、昼間は海に入っていたんだ。

その研究所から支給されたトラックには
スクリップス海洋研究所という名前が入っていたので、

平日の昼間にそのクルマで海に行っても
誰にも文句を言われなかった。
ある日、イギリスの船長（イギリスの船長はほとんどが元軍人）から
「事務所に来ない？　ビールを飲もうよ」って誘われたんだ。
それで事務所でビールを飲んでいたら、
船長が「ロシアに捕まったら、おまえのやっていることはスパイだぜ」って言うんだ。
「天気予報のためですよ」って答えたら、
「おれはロイヤルネイビーだからわかっているんだ。
おまえの仕事は太平洋にいる潜水艦を見つける仕事だよ」って言うわけ。
なぜかというと、上に暖かい海流が流れていて、その下に冷たい水があって、
さらにその下には暖かい水があって、温度が異なる水の層のどこかに入れば、
潜水艦は上からソナーやレーダーに見つからずにすむんだ。
温度差があるから。潜水艦はそこを使えば、
見つからないでどこへでも行けるんだって。
だから船長に「おまえの仕事は軍の仕事だ」って言われたんだ。

ボクは、「天気予報だって言われているんですよ」って答えたんだけど…。
アメリカの海軍は、見つからないで行ける潜水艦の海中のマップをつくっていたんだね。
「そこはソ連の潜水艦も使うし、アメリカの潜水艦も使うわけで、
そういうマップをつくるのは軍の仕事だぞ」って、
イギリスの船長は教えてくれたんだ。
それが証拠に、ソ連が崩壊して冷戦が終結したとたん、
バジェットがなくなったからって、
その海水温度の調査の仕事が終わってしまったんだ。

18 ニワトリを積む仕事

サンフランシスコからクルマで一時間半くらいのところに、
ペタルマという静かな村がある。友だちがそこにいたので、よく遊びに行っていた。

あるとき、不思議なトラックを見かけた。

ニワトリを積んでいるんだけど、クルマにはでっかいホースが付いているんだ。

見学させてもらって、ビックリしたよ。

そこで働くメキシコ人が、まずニワトリを右手と左手に三羽ずつ、捕まえる。

足を持ってバキュームの箱に入れると、ニワトリはホースを通ってトラックの荷台に運ばれる。

ホースの中でニワトリはクルッと回って、出てくるときはお尻からなんだ。

トラックの荷台にいるメキシコ人は、出てきたニワトリのお尻を軽くたたきながら数を数える。

そうして、ニワトリをたくさん積んでいくんだ。その様子が、妙に楽しそうでユーモラスだった。

動物愛護の精神から、今はもうそのホースは使われなくなったらしいけど、
きれいに並んだニワトリのお尻をたたきながら歩く姿はかなりシュールで、クールだった。

19 インドのふたり

インドのムスーリーという村での話。

友だちといたら、ある年老いた夫婦が野菜を売りに来た。

どう見ても、食べるのに困っているという感じだった。

その夫婦は、キュウリやピーマンを袋から出して、

「野菜を買ってくれ」と言うんだけど、その言葉がすごくきれいな英語なんだ。

興味を持って、話を聞いてみると、彼らは夫婦ではなくて、兄と妹のきょうだいだった。

「小さいころ、親に置いていかれたんだ」と、兄が話した。

インドがイギリスの植民地だった時代の話だ。

彼らの話を全部信じたわけじゃないけど、きょうだいふたりきりで異国の地に置いていかれて、
自分たちの力だけで生きてきた数十年を思った。

ボクは、野菜を買った。

彼らの目がとっても暗かったから、買わずにはいられなかった。

サンフランシスコで見つけたメキシコの国境の音楽

一九八〇年代、音楽が機械的なビデオゲームみたいなリズムになり、メロディーはまるでMTVに出ているニューロマンティック風なヘアスタイルみたいに〝パーフェクト〟に停滞しているとき、ボクはその音楽の世界から避難する場所を、サンフランシスコにある小さなメキシカンレストランで見つけた。その店の名は「ラ・テラザ」。ボクが住んでいたサンフランシスコのエリアは、白人の老人たちとゲイのカップルが住んでいたグレンパークという街だった。だがその丘の上にあった家から坂を下ると、別の世界があった。それはミッションストリート。右に行くとブルーカラーの世界、左に行くとメキシコ街。そのメキシコ街にこの店があった。外壁には大きな赤いネオンの看板が掲げられ「ラ・テラザ メキシカンフード&バー」と書かれていた。そして下の小さな看板には、毎週金曜と土曜にはライヴミュージックがあると書いてあった。ボクはメキシコ料理が好きで、ある平日の夜にひとりで入ってみた。ドアを開けると、そこはまさにメキシコだった。バーテンと客は全員メキシコ人。長いバーカウンターが入り口から奥まで続いていた。座ってみると、背中には低い壁、反対側の壁は黒く塗られていて、その上はブラックライトのペンキでメキシコの田舎の風景が描かれていた。カウンターに座り、ビールを頼んだ。「コロナ、プリーズ！」。バーテンはボクの顔を見ないでコロナを出し、二ドル五〇セントを請求した。あたりを見回すと、驚くことに、その店でコロナを飲んでいるのは自分しかいなかった。ほかの客は、みんなバドワイザーを飲んでいた。アメリカに仕事をしに来ているんだから、彼らはわざわざメキシコのビールを頼んだりしない。誰もボクには声をかけてこなかった。次にこの店に来たらバドワイザーを飲もうと決心し、そしてボクはその店に通い続けたけど、相変わらず誰も話しかけてこないし、バーテンさえ声をかけてはくれなかった。それでもボクは、その店の雰囲気が気に入っていて、しょっちゅうその店でビールを飲んでいた。特に週末はライヴをよく観に行った。演奏していた音楽のジャンルはコンフント。メキシコとアメリカの国境の音楽だ。メインの楽器はアコーディオンで、あとはドラムとベース。もちろん歌はスペイン語だ。バンドの演奏がはじまると、男性客は少ない女性たちに声をかけて、踊りはじめる。ボクが聴いたこともないようなポルカとロックが混ざった音楽で、そこの客たちは踊っていた。ボクはレコード店に行って何枚かコンフントのアーティストを聴いたが、そのときは買わなかった。エリック・クラプトンやビートルズ、ザ・ローリング・ストーンズたちがカバーしているブルーズのオリジナル曲を初めて聴いたときとおなじように、コンフントはボクにとってプリミティブすぎた。コアな音楽すぎて、受けつけられなかったんだ。しかしその何年かあと、『テキサス・トルネードス』というアルバムを聴いたときは、思いを新たにした。コンフントのテイストも、ロックのテイストもたっぷりで、これなら聴けると思った。英語の曲もあって、わかりやすくなっていた。今はもう、古いブルースを聴けるようになったのと同じで、このアルバムをよく聴いたおかげでコンフントも少し身近になった。『テキサス・トルネードス』を聴くと、あのサンフランシスコにあったメキシカンの世界を思い出す。

その店に通いはじめて二年ぐらい経ったある大晦日の晩、ひとりで店に入ると、初めてバーテンからボクに声をかけてくれた。「ブエノス・ノチェス!」と言って、彼はボクに握手するために手を出した。初めて笑いながら、メキシコ人たちが使う握手を教えてくれた。三段階に分かれて手を握り、最後に拳を合わせるんだ。やっとボクを仲間にしてくれた。あのときはすごくうれしかったよ。

20 彼女と観たテキサスでのライブ

最近、フェイスブックを通じて昔の友人との仲が復活してきた。
ボクみたいにインターナショナルスクールを転々として、
世界各国に友だちが散らばっている場合は、特に活躍する。
フェイスブックでボクを見つけて、
何十年ぶりかに連絡をくれる友人が多い。
近況を知るのも楽しいけど、
写真を見てその変わりぶりを見るのも一興だ。
そんななか、まったく連絡がつかなくて、逆に気になりだした人がいる。
じつは 中学生のころにつきあっていた彼女だ!
一九七五年の夏、当時二〇歳のボクは、世界一周旅行の終盤、
アメリカの横断途中にテキサス州に寄り道をした。
韓国に住んでいた中学時代の彼女がそこに住んでいたので、会いに行ったんだ。

久しぶりに会った彼女は「ロギンス・アンド・メッシーナ」のライヴに連れていってくれた。

彼女のお父さんはアメリカ陸軍の司令官。

大きな米軍キャンプの中の高級住宅街に住んでいて、すごく保守的なお堅い人だった。

中学時代、彼女を初めてフォーマルなダンスパーティに連れていくために
家まで迎えにいったとき、
初めて彼女のお父さんと会った。

家まで行ってドアをノックして待っているあいだ、すごく不安で仕方なかった。

だって彼は司令官。そのときボクの髪の毛はまだ肩ぐらいしかなかったけれど、
軍人はロン毛が嫌いなのはわかっていたから。

彼がドアを開けて初めてボクに言った言葉は、

「おい、アタマに乗っているのは何だ?」。ボクのロン毛のことだ。ビビったよ。

彼女と一緒に行かせてくれないのかと思った。

それから表情も変えないで「カム・イン!」と言った。

家に入って彼女が来るのを待っていた。

そのときはなぜボクを待たせるのかと思ったけれど、

今となっては、女の人はいつも男を待たせるものだとわかってきた。
現れた彼女はパーティドレスを着て髪をアップにし、本当に美しかった。
ボクは手が震えながら大事に持ってきた
蘭のコサージュを箱から出し、ピンで胸につけた。
どうしていいかわからなくなっていたら、
そばで座っていたお父さんが「レッツ・ゴー！」と言って、
ボクたちをダンスパーティ会場まで連れていってくれたんだ。
もちろんクルマの中は沈黙だったよ。
そんな思い出のある彼女と、何年かぶりに再会して、
そのころ流行っていた「ロギンス・アンド・メッシーナ」のライヴへ行ったんだ。
それは自分にとって初めての、
本当のアメリカのコンサートだといってもいいだろう。
テキサスの若者はにぎやかだ。
当時、一八歳からお酒が飲める州だったので、みんなノリノリだった。
どの曲でも全員一緒に歌っていた。

その夜は彼女の家に泊めてもらった。
そしてまた、彼女のお父さんに会った。
そのときもボクに初めて口を開いた言葉は、
中学のときとまるでおなじだった。
「おい、アタマに乗っているのはなんだ?」。
ボクはもう大人だったけれど
あのときとおなじくらいビビっていた。
アメリカ陸軍の司令官になる人はやっぱり貫禄があるんだな。
でもこのときの彼の目はキラキラしていて、なにか優しさがあった。
もしかしたら、中学校のときのボクには
見えなかっただけなのかもしれないけど…。

21 アメリカの運転免許

二〇一七年にアラスカの母と妹に会いに行くことになったとき、何年も切れっぱなしだったので、ついでにアラスカの運転免許を取ることにした。

なぜなら、母が住んでいた村は小さくて、試験場も小さいから。

前日にドライビングテストのアポを入れて、ネットで試験場のページを開くと、そこにはペーパーテストのサンプルが載っている。

サンプルというより、テストに出る質問がすべて載っている。

誰でもそのページを見れば受かるという仕組みだ。

ボクのお父さんが昔笑いながら言ってた言葉を思い出す。

「日本の試験は運転させないためで、アメリカの試験は運転させるためにある」。

ボクも、もちろん二〇問すべて合っていて合格。簡単だった。

じつはここからがアメリカらしい話になる。

アメリカではドライビングテストには、受けるほうが車を用意しなければいけない。

自分がいちばん運転しやすい車を持っていく。

僕は妹の車でテストを受けた。もちろん小さいオートマ。

試験場のおばさんが隣に乗って、出発。「はい、ここをまっすぐ」「はいここを左」って指図する。

すぐ終わると思ったら、大間違いだった。知らないうちに、彼女が行った小学校、中学校、高校、
おばさんの家、自分が生まれた病院、その村を案内をしているんだ。

やっとツアーが終わって駐車場に戻ったら、今度は縦列駐車。

ボクはサンフランシスコに二〇年以上住んでいたから、これは得意。

パッとやったら、彼女はびっくりしてた。

アラスカでは縦列駐車の必要がないので、誰もできないらしい。

考えてみたら、サンフランシスコでは毎日縦列駐車をするのがあたりまえなのに、
サンフランシスコのドライビングテストにはそれが入っていない。

アラスカでは縦列駐車することがないのに、テストに入っている。

変だよね。でも、サンフランシスコにいれば、いずれできるようになるからね。

22 シカゴの雪

シカゴの冬は寒かった。
ここは、別名、ウインディシティと言われている。
湖からの寒い風がたえず吹いているからだと思ったら、違った。
シカゴはアル・カポネの街、マフィアの街だった。
だから、政治があっちに傾いたり、こっちに傾いたりする。
そこから「風の街」という名がついたという。
ある雨の日、ボクはミュージックビデオの撮影のために、
シカゴのシアーズタワー（現在のウィリスタワー）に登った。
当時、そのビルは世界でいちばん高いビルだった。
どしゃぶりのなか、屋上に上がった。
そして、その屋上の景色を見た瞬間、
ボクたちは撮影をあきらめた。

雨なんてもんじゃない。
風どころではない。吹雪だったのだ。
前が見えないくらいに雪が舞っていた。
下界の雨が、ビルの屋上では雪。
ボクは、こう思った。
人間は、こんなに高い建物を建てていいのだろうか？
天気が変わるほどの高い場所に入り込んでいいのだろうか？
そのビルはあまりに高すぎた。
ボクたち撮影クルーは、
その別世界の風景をただぼうぜんと眺めていた。

23 職業でもボーダー（国境）をつくる

ボクが、世界中を旅しているころの話。
ギリシャのクレタ島っていうところでヒッチハイクした。
運転手は気持ちよく、「荷台に乗りなよ」って言ってくれた。
しばらく走ると、警察の人に止められた。
運転手に「荷台に人を乗せちゃいけない」と言って、違反キップを切ったんだ。
ボクはいったん荷台から降りたんだけど、警察の人がいなくなると、
また運転手が「荷台に乗りなよ！」って言うんだ。
運転手は違反キップのことなんかまったく気にしてないんだ。
運転手と警察官。ふたりともおなじギリシャ人だったと思うけど、
運転手にとって、警察官はまったく別の世界の人間っていう感じがしたんだ。
だから、言うことを聞く必要はない、みたいな感じ。
人は、職業でもボーダー（国境）をつくるんだね。

24
宇宙を感じた夜

みなさんは、宇宙みたいな景色を見たことがありますか？

ロサンゼルスからクルマで二時間くらいのところに、ジョシュア・ツリーという国立公園がある。

もともとジョシュアツリーというのは、奇妙な形をした植物のこと。

赤い土に大きな岩。なんにもない風景。有名なヒーリングスポットでもある。

もちろん、ホテルなんかない。みんなクルマを借りて、キャンプサイトに泊まる。

昼間の暑さが嘘のように、冷えてくる。夜がやってくると驚く。その星の多さにびっくりする。

周りには電気などないから、その星がくっきり見える。

もっとびっくりするのが、流れ星の多いこと。ひっきりなしに、星が流れている。

暗がりで光るのは、星とコヨーテの目だけ。ボクは、飽きることなく星を見た。

ここが宇宙であることがわかった。

宇宙という表現がぴったりくる風景だった。

血で買ったレコード

インドからアメリカへ帰ってきたとき、ボクは、本当に貧乏だった。一文無し。仕方ないから、父親のところに居候させてもらった。なんだか、友だちもいなくて寂しかった。で、ボクは得意のヒッチハイクでバークレーへ出かけた。四〇分くらいクルマに乗ってね。バークレーでは、自分の血を売ることができた。血は五ドルだった。おまけにオレンジジュースとトーストと卵がもらえた。その五ドルを持って、ボクはレコード店に行った。五ドルでレコードが一枚買えたのだ。選ぶのが楽しかった。

ボクは、週に二回、バークレーへ行って、二枚ずつ買った。そうやって買ったレコードを、今でも大事に持っている。捨てられないよね、自分の血で買ったレコードだから。

ボクはサメを食べない、サメはボクを食べない

George Cockleを知るヒント

アメリカには「SAVE THE GREAT WHITE SHARK」という、車のバンパーステッカーがある。グレートホワイトシャーク（ホホジロザメ）は、映画『ジョーズ』に出てきた人食いザメのことだ。そもそも、このステッカーができたいきさつは、こうだ。あるサーファーがモントレーというビーチでサメに襲われ、かじられたサーフボードしか岸に上がらなかったことがあった。それを受けて、正義感の強いサーファーたちがサメ退治に立ち上がったが、今度はそれに対してモントレーの水族館が、このステッカーをつくったというわけだ。いくら人食いザメでも、いなくなってしまえば海の生態系がくるってしまう。サンフランシスコ周辺の海には、アメリカでもっとも人食いザメが現れるレッド・トライアングルというエリアがある。サンフランシスコとモントレー、ファラロン諸島を結ぶ三角地帯だ。サメの全長は平均五メートルある。こちらに近づいてくるときは、ヒレを出して向こうからやってくるイメージだけど、人食いザメはそうではない。人知れずやってきて、獲物の下でクルクル回りはじめる。噛むと、いったん口から放し、ふたたび下で旋回しながら獲物が死ぬのを待つ。獲物といっても、アザラシやトドがほとんどで、人はそれらに間違えられて襲われるだけだという。サメから見れば、ショートボードから足が出る

そのアウトラインが、アザラシに似ているらしいのだ。
サメが獲物を襲うときは、口から歯だけが前へニョキッと出てくる。同時に獲物の反撃から目を守るために、下まぶたから皮膚が上がってきて、目は真っ白になる。だから、獲物をくわえたときには実際には目が見えていない。想像するだけでも、恐ろしい光景だ。
だけど、サーファーは助かる例が多い。ウェットスーツが功を奏して噛まれた肉が散らばらず、そこにほかの人が助けにやってくれば、そのまま岸へと戻ることができるから。グレートホワイトシャークは、最初に襲った獲物が死ぬのを待つだけで、ほかに人が現れても襲うことはないということらしい。ボクは以前、そのステッカーをクルマの後ろのバンパーに貼っていたが、海に入るときは後ろを海に向けてクルマを止めていた。サメから見えるように。ボクの気持ちをサメにわかってもらいたかったからだ。「サメを守ろうとしているのだから、きみたちもボクを襲っちゃだめだよ」ってね。映画『ジョーズ3』を見た次の朝、海へ行ったら砂浜に頭のないアザラシが転がっていたことがある。海にサメがいる証拠だ。サーファーの友だちのひとりは海に入っていて、隣でアザラシがいきなり飛び上がり、次の瞬間、海が真っ赤に染まったのを見て、一目散に海から上がってきた。

ちなみにサンフランシスコではどこかの漁師がヒレ欲しさに、海上でサメのヒレだけを切り取り、また逃がしているという話だ。もちろん、フカヒレスープのためで、相当な高値になるからだろう。

でもそもそもサメっていうのは、ボクたちより先に海にいるものだ。ときどき食われてしまうのは仕方ない。海にはそう思って入っていたほうがいいとボクは思っている。もちろん、ボクは人食いザメに襲われたくはないから、せめて自分ではフカヒレスープを食べないと心に決めている。

第3章

いろんな価値観があっていいよね

EVERYONE IS ENTITLED
TO THEIR OWN OPINIONS.

25 ずっとそこにあるもの

油壺のヨットハーバーって、知ってる?

ボクは、小さいころ、よく父親に連れられて、そこで遊んだんだ。

周りを崖に囲まれた場所に、ひっそりとある。

崖に近いところは水位が浅いので、ヨットは、湾の真ん中に泊まっている。

みんな、ヨットまでボートを漕いでいくんだ。とっても不便なところ。

このあいだ、久しぶりに行ってみて、驚いた。だって、昔とちっとも変わってないんだよ。

崖の上にある家、きれいな海、そのまんまそこにあるんだ。

うれしかったなあ。ボクは、思ったよ。

「ああ、ここは、不便だからよかったんだな」ってね。

便利のいいところだったら、きっともっと手が入って、変わってしまっただろう。

誰も近寄れないところ、簡単に行けないところって、そのまま残っている。

なんでも便利になっていくことだけが、すてきなことじゃないんだね。

26 古いポスター

このあいだ、鎌倉のバーに行ったんだ。
久しぶりに行って、驚いた。
ボクが一〇年近く前にあげた古い古いポスターを、まだ貼っておいてくれたんだ。
そのポスターは、サンフランシスコのブルーズ・ライヴのポスターで、
今はもうつくれない肌ざわりの、レトロなポスターだった。
その古い感じがよくて、気に入ってあげたんだ。
新しい建物がどんどんできて、にぎわってるけど、
古いものを残すってことをしたほうがいいのになあって思うんだ。
時間をかけてしかつくれないものって、あると思うんだよね。
鎌倉のポスターを見て、そんなことを考えたんだ。

27 メキシコのクリスマス

昔、メキシコでクリスマスを迎えたことがある。

暑い国のクリスマス。

そこで気づいたことがある。

それはね、クリスマスって、世界中どこでもファミリーのものだってこと。

ボクは観光客としてメキシコに行ったんだけど、クリスマスを味わうことはできないんだ。

外から、家の中でディナーを食べる家族を見るだけ。

寂しかったなあ。

その寂しさは、忘れられない。

サンフランシスコに帰ってから、
ボクは、クリスマスをひとりで過ごす人を見かけると、家に呼びたくなった。

ひとりでクリスマスを過ごす寂しさを、
誰にも味わってほしくないなあって、心から思ったんだ。

28 天国のドア

ボブ・ディランの『ノッキング・オン・ヘブンズ・ドア』っていう曲、知ってる？

ライヴなんかで、最後のシメによく使われる有名な歌なんだけど…。

この曲が、じつは映画のサントラだったって知ってる人は、意外にすくない。

『パット・ギャレット＆ビリー・ザ・キッド』っていう映画の中で、
保安官が銃で撃たれて、いよいよ死んでいくというシーン。

彼は川辺に座って、自分のバッヂを捨てるんだ。だんだん近づいてくる死…。

そこに、この曲が流れる。これは、このシーンにあわせてボブ・ディランが書いた曲なんだ。

『天国の扉』っていう歌をね。

今夜もどっかのライヴでは、この曲で盛り上がっているんだろうな。

不思議だよね。

そんな暗いシーンのためにつくられた曲で、みんなが幸せな気持ちで盛り上がっている。

曲が、自分の命を持ったんだね。

ボクは、『デジャ・ヴ』とともに、大人の階段を上がった

誰の人生でも、自分の道を切り開かなければならないときが来る。そんな一〇代後半に、ボクや、ボクの友だちが何年も聴き続けていたのがクロスビー、スティルス&ナッシュの『デジャ・ヴ』というアルバムなんだ。当時、最大の音楽イベント「ウッドストック」にも参加し、スーパースターになった。その後、音にもっとロック感を加えるため、もうひとりのメンバー、ニール・ヤングを迎え、バンド名をクロスビー、スティルス、ナッシュ&ヤングとして、アルバム『デジャ・ヴ』を発表した。それが一九七〇年だ。今になっても、このアルバムはロックのマスターピースのひとつだろう。一九七〇年代を知らなくても、ここから聴きはじめてほしい。四人のメンバーがそれぞれに曲を書き、すばらしい仕上がりになっている。ヒット曲はグラハム・ナッシュの『ティーチ・ユア・チルドレン』、そして今ではキャンプファイヤーソングのスタンダードになっている『ヘルプレス』だ。このアルバムが発売された当時、高校生だったボクは韓国に住んでいた。そして最初に書いたように、このアルバムを本当に何年もよく聴いていた。高校を出て、大学に行きながら仕事をして、

世界一周の旅に出て、ようやく一年後にアメリカにたどり着いたときも、このアルバムはいろんなラジオから聴こえてきたし、友だちの家に行ってもよくかかっていた。ボクの人生のサントラのひとつだった。そのあと、アメリカに住んでからも、韓国時代の友だちが訪ねてきて、このアルバムを聴きながらよくヒッチハイクしてアメリカ中を回った。二〇代前半になってもそれは続いた。大学に通っている友だち、仕事をしている友だち、誰もが自分の人生を探していた。でも、誰もこれから人生がどんなふうに転がっていくか見えていなかった。ボクは世界をひとり旅して大人になったと思っていたが、今、思えばそうでもなかったと思う。まだ自分があやふやだった。このアルバムの中に『カット・マイ・ヘア』という曲が入っている。曲の中では長い髪がちょっと邪魔になってきたし、切ってしまおうかと歌っている。でもまだ切ってはいない。自由を求めたり、ラブ&ピースや戦争反対を唱えたり、そういった心を象徴する意味のある長い髪を切りたくない、そんな思いがあるからだ。それからかれこれ五〇年が経つ。自分の外見は変わっているけど中身はあのときからあまり変わらない。今でもこのアルバムを聴くと、その若かったころの理想論が蘇ってくる。そして今でも、これから大人の道に向かっていくのだと、夢を持っていることに気づく。もう一度ヒッチハイクの旅に出て、友だちに会いには行かないけどね。

29 ハワイ、ラハイナの女性

ボクは、ハワイのラハイナという村が大好きだ。
海がきれいで、風が気持ちいい。
その村の、あるオープン・カフェで、
生ギター一本で歌っている女の子がいた。
彼女は、日が暮れると歌いはじめる。
カバー曲がほとんどだけど、とにかくすてきな演奏をする。
歌もうまい。
そういうリゾートの生演奏は、じつは難しい。
だって、波の音と風の音だけでいいから、
無駄な音楽は必要ない。
下手をしたら、みんなに無視されてしまう。
でも、彼女は人気があった。

彼女のＣＤを買ってみて驚いた。
オリジナルもすごくいい、
メジャーデビューできるくらいに。
でも、彼女は島から出ない。
音楽はナマで聴かせるもの。
音楽はまず自分が気持ちよく演奏するのが大切、
というのを知ってるからだ。
彼女は、ボクとおなじように
その村が大好きなんだ。

30 ハワイの結婚式

ハワイで、結婚式に出たことがある。でもね、それは、友だちのつきそいだったんだ。

ボクは、結婚した人を全然知らなかった。

ハワイアンの結婚式。何メートルもあるテーブルに、たくさんの料理が並ぶんだ。

どうやら、それは、そこに集まった人たちが、みんな自分でつくってきた料理だったんだ。

お世辞にも、「おいしい!」って言えるものばかりじゃないけど、
なんだか、あったかい気持ちになった。

その料理を食べ終わるとね、今度はデザート。

これもまた、みんながつくってきたんだ。

たくさんのケーキ。おなじように見えても、みんな違う味。

それぞれの家の味なんだね。

ボクは、ただ「つきそい」で来ただけなのに、みんな、仲間に入れてくれた。

「ああ、なんてあったかい結婚式なんだろう」って思った。花嫁の笑顔が、とってもきれいだった。

31 ビーチグラス

鎌倉の海岸を歩く楽しみのひとつに、ビーチグラスを拾うってことがあるんだ。

ビーチグラス。浜辺に打ち上げられたガラスの破片のこと。

それは、ビンが割れて、砂や石や波に洗われて、いろんなカタチになったもの。

海岸によって、そのカタチや色は、さまざまなんだ。

なにで磨かれるかによって、カタチが決まるんだ。それが、たくさん落ちてる。

あんまりすごい数なんで、あるときこう思った。

「きっと、悪い人が、ビンを海に捨ててるんだ」ってね。

海にゴミを捨てるのは悪いことだよね。

でもね、そんな悪いおこないで捨てられたビンも、海の力できれいになって
やがて、こんなに美しいかけらになる。

そのビーチグラスが小さければ小さいほど、ボクはうれしくなって、大切にしたくなるんだ。

海に洗礼をうけた、神聖なものに思えるからね。

32 ダメになった王国

ボクは中三、高一と韓国にいた。
ひとつ上のクラスにとってもかっこいい男の先輩がいた。
彼は、アタマもよかった。あるとき、生徒会長を決める選挙があった。
当然、彼は候補にあがった。
いよいよ選挙の日。
その日は、候補者が演説をしなくてはならないんだけれど、
その先輩は学校に来なかった。
目が痛くて、眼医者に行ったらしい。
そのときは、そのことについて特になにも思わなかった。
でも、その後の彼の人生を見てきたら、それが嘘だったことがわかった。
彼のうわさが、ボクの耳に入ってきた。
どれも彼が人生のなかの

大事なところから逃げる話ばかりだった。
聞けば、彼は、働かずにブラブラしているという。
結婚した相手とも長く続かなかったらしい。
彼はアタマもよくて、かっこもいいんだけど、
決定的になにかが欠けていた。
それは、なんだろうと考えた。
彼には勇気と行動力がなかった。
それを嘘でごまかしてきたんだと思った。
人生は短いようで長い。
高校のときの選挙みたいに、ごまかせない。
若いときは、どんな人かわからなくても、
時間がどういう人かを教えてくれる。

閉ざされた村から生まれた『GET TOGETHER』

サンフランシスコからハイウェイ一〇一を北に向かって、ゴールデンゲートブリッジを渡ると、そこはマリンカウンティ、両親が住んでいた町がある。ハイウェイ・ワンを、有名なミュアービーチとスティンソンビーチというポイントからさらに北に走ると、ひなたぼっこをしている大きなアザラシがいるボリナス・ラグーンが左に見える。ボクがよく行っていたボリナスは、そのラグーンを越えて西へ向かい、行き止まりにある大きなアメリカスギの森に囲まれた小さな村だ。そこには野生の動物がたくさん生息している。鹿、アライグマ、狐、スカンク、なんとアメリカピューマもいる。しかし町に向かう道路に案内板は出ていない。州の管轄者が看板を立てても、住人たちが外してしまうからだ。まるで外の人には来てほしくないかのようだ。その看板を外すのが、今は若者の遊びになっているという。だが実際に村へ行ってみると、カフェやレストラン、雑貨店もある。もちろんコンビニはなく、一九六〇年代のヒッピー文化が今もそのまま生きている。だからなのだろうか、村の人々は優しい。外部の者にも全然、冷たくない。看板を頼らずに村までたどり着いた人を歓迎しているのかもしれない。崖の下のサーフポイントまで行くと、裸でひなたぼっこをしている男女のサーファーにもよく出会う。このボリナスに住む人々は、基本的に自由奔放な人たちだ。そのなかにはアーティスト、学者、ヒッピーもいるが、サンフランシスコで働いて、毎日一時間のクルマ通勤をしている会社員もいる。そして、そのなかにもサーファーがいる。しかしこの町のサーファーたちは、波を追いかけて旅に出ることはあまりしないし、サーフファッションにも無頓着だ。ボードと黒いウェットがあれば充分というソウルサーファーたちだ。海では目だけで挨拶し、静かにサーフィンをする。まるで、禅サーフィンのようだ。ボリナスには何人かのアーティストが住んでいるが、きっといちばん有名なのはヤングブラッズというバンドのボーカリストだった、ジェシ・コリン・ヤングだろう。彼はそのバンドで一九六〇〜一九七〇年代にヒットを出したあと、ソロ活動をはじめると同時に、ロック界から逃げだすためにボリナスに引っ越してきた。彼はこの時間が止まっているかのようなこの村で音楽をつくっている。もっとも知られている曲は、彼の作曲ではないが、『GET TOGETHER』だ。この曲はみんな仲良く生きていこうと歌っている。声といい、音といい、自然の中で暮らす人々の生き方が伝わってくる。

33 ウクレレが変わった日

新しい音楽のムーブメントが起こるときは、空気でわかる。
ハワイの「マリア・キャンティーナ」というバーで、
ボクは、聴いたことのないウクレレと出合った。
カアウ・クレーター・ボーイズというそのバンドは、ハワイアンロック。
でも違っていたのは、ギターだった。ウクレレをギターのように弾いていた。
その新しさに、ボクはしびれた。
「ああ、これは新しいムーブメントになるな」と思った。
彼らは仕事でバックバンドをやり、仕事が終わったあと、好きな音楽をやった。
それが交じり合って、まったく新しい音楽を生みだした。
若者が親しみやすいサーファーの曲を、ロックやレゲエの要素を入れながら演奏した。
まじめに仕事をやる。でも好きなことも一生懸命やる。
ハワイに吹いた新しい音楽の風は、そうして生まれた。

34 階級はお金で買えない

ボクがいちばん嫌いな人は、いばる人。
お金を持っているから、払っているからって、上からものを見る人。
たとえばレストランへ行って、ウェイトレスにぞんざいな口をきく人。
タクシーの運転手や、ホテルのボーイにえらそうにする人。
アメリカ文化のすてきなもののひとつに、ジェントルマンっていうのがあると思う。
ジェントルマンには、社会に暮らすあらゆる人と、平等に接するというマナーがある。
自分ができないことをやってくれている人に対するリスペクトを忘れない。
品っていうのは、もともとある人もいるけど、あとから一生懸命学ぶ人もいる。
いくらお金を稼いでも、「品」は買えない。努力が必要なんだね。
そういえば、アメリカに、こんな言葉がある。
「YOU CAN'T BUY CLASS」。
階級はお金で買えないんだ。

映画『フリーライド』の幻のサントラの一曲。ギャラガー&ライルの『ブレイクアウェイ』

一九七〇年代後半、サーファーのあいだで話題になり、今も語り継がれる『フリーライド』というサーフィン映画がある。これは一九七五年から一九七六年にかけての、ハワイ・ノースショアでの記録映画だ。とはいえ、ボクはその映像や内容はあまり覚えてなくて、サウンドトラックになっていた音楽がアタマに残っている。その映画『フリーライド』で流れていた曲のなかでも、ボクが気に入ったアーティストのアルバムが『ブレイクアウェイ』だ。映像をバックに流れていたのは、サーフィン映画では珍しく、当時メジャーデビューしていたアーティストの作品ばかりだった。パブロ・クルーズ、アンディ・フェアウェザー・ロウ、ジョーン・アーマトレーディング、ビリー・プレストン、ハミングバードと、このギャラガー&ライルだ。彼らの曲は三曲入っていた。『ステイ・ヤング』『ブレイクアウェイ』『カントリー・モーニング』。彼らの曲はすごくメローで、今ならサーフロックと言われるであろうアコースティックサウンドだった。そのなかの二曲は、一九七六年にリリースされたアルバム『ブレイクアウェイ』に入っている。

今でこそ許せるが、ボクはレコード店でこのアルバムを見たときはショックだった。ジャケ買いという言葉があるが、このジャケットはあり得ない出来だった。なにしろジャケットの写真はサーファーとは結びもつかない男性ふたりが、ローラースケートをしているし、そもそも百歩譲ってもダサかった。ローラースケートなんて大人がやるモノじゃなかったしね。そのうえ、彼らが着ているシャツも冴えなかった。ひとりはボーダーの襟付きポロシャツ。もうひとりはロングスリーブの偽物スポーツウェア。どう見ても、サーファーじゃないし、海の匂いも全然しない。しかし、ボクはそのアルバムを買ってしまった。でもレコード店のインフォメーションを読んでわかったのは、メンバーがふたりともスコットランド出身だったことだ。海とは関係ない人たちだった。彼らはイギリスのフォークロックバンド、マッギネス・フリントのメインのソングライターたちだった。ボクはすでにこのバンドのアルバムを持っていて、大好きだった。そうか、もともと好きなティストだったんだと納得した。この『ブレイクアウェイ』は、あの映画に流れているアーティストたちのなかでも、いちばん聴いているかもしれない。彼らの見た目は海を感じさせないが、サウンドは潮風を感じさせてくれるのだ。

値切る

ボクは、今まで、ずいぶん貧乏旅行をしてきた。なるべく安く、旅をする。それはやってきた。
でも、ひとつだけ苦手なことがあった。それは、値切ること。インドで、子供相手に値切ってい
る日本人がいた。どんどん値切って、一時間ねばって、結局、その子供の儲けがほとんどない金
額まで値切って、彼は買った。でも、なんだかボクには違うなと思えた。「だまされてもいいじ
ゃないか。大目に見てやれよ」と思った。ある木の箱を、ボクは、日本円で二〇〇円で買った。
それを言ったら、ある人が言った。「ジョージ、だまされたよ。それ、一〇円で買った人がいるよ」。
でもさ、いいんだ。だって、ボクには、その木の箱は二〇〇円の価値があったんだから。

ビッグウェーバーをやめた瞬間

サンフランシスコに住んでいたころ、一九九〇年代後半になると日本での仕事のために、日本と

行き来するようになり、それにともなって打ち合わせと称してお酒を飲む機会が増えて、だんだん太ってきたんだ。それでも時間があれば海に入っていたけど、だんだん危ないなって感じるようになっていたころの話。 サーファーズ・メディカル・アソシエーションを立ち上げたマーク・リネカーというビッグウェーバーのお医者さんの友だちがいるんだけど、彼はボクがブラッドショーの九フィート六インチ（約二八九センチ）のガンを持っているのを知っているので、まだ夜も明け切らない暗いうちから電話をかけてきて「ヘイ、ジョージ。ルック インタレスティング」って。九・六のガンを持っていたら、男だったら行かなくてはいけないよね。しょうがないからオーシャンビーチに行って、彼と一緒に海に入った。でもあるとき、これを続けていたら、死ぬなって思いはじめたんだ。でっかい波に巻かれたときは、ガンはどんどんインサイドのほうに流れていって、パワーコードをつけたサーファーはディープウォーターの中でスクリューみたいにぐるぐる回っちゃう。ボクはいつもそのあいだ、早くパワーコードが切れないかなって思っていたんだ。パワーコードが切れても、今までだったらダブルでもトリプルでも四倍の波でも、泳いで岸に戻れる自信があったから。だけどある日、ダブルぐらいしかない波で巻かれたときに、このパワーコードが切れたら死ぬなって直感しちゃったんだ。その瞬間から、ダメになった。その

瞬間に心が折れたんだ。ビッグウェーブを乗ろうという気持ちがなくなったんだ。それで、ブラッドショーのガンを売ってしまった。ビッグガンを持ち続けると、またマークから電話がくるからね。心が折れた瞬間というのは、グレッグ・ノールがばかでっかいマカハの波に巻かれて、二度とサーフィンしなかったのとおなじなんだと思う。ノールが挑戦していたサイズは、ボクより一〇倍大きなものだけど、ボクは、ダブルでももうできなくなった。怖くなったから……。ガンガンやっているときには、自分ができるサイズ以上の波に挑戦したこともあったけど。あるときは、マークからの電話で行ったタラベルというポイントでは、四倍ぐらいの波が割れていて、「こんなにでっかい波は入ったことがないな」って思いながら見ていたら、沖に三人いる。どうしようかなって思って立っていたら、一緒に来ていたグレッグというやつがいきなり板を放り投げて、ダブル以上のショアブレークに飛び込んで出ていっちゃった。ビーチにはギャラリーもいて、カメラマンもひとりいたんだ。ボクは入りたくなかったけど、カメラマンがいるから自分の写真が欲しいなって思って結局入った。ショアブレークに巻かれながらやっと沖に出たら、ボクの九・六がいちばん短かかった。みんなはもっとでかい板に乗っているんだ。それでも四本ぐらい乗ってばっちり決めたし、写真も撮れたかなと思って岸に上がった。そしたらカメラマンが、「ジョ

ージ、写真ないよ」って言うんだよ。カメラのフタを開けちゃって、フィルムが感光しちゃったって。そのとき思ったのは、「もしカメラマンがいなかったら、海に入らなかった」ってこと。ボクはくだらないサーファーだなって…。写真のために命を捨てようとしたなんて、情けなかったね。実際大きすぎて、ボクが入るレベルの波じゃなかったしね。その当時は四倍の波までは行けたんだけど、その波はさらに大きく巻いていたから。まだそのときは怖くなくて、イケイケだった。でも、ビッグウェーブをやめたと決めた瞬間から、オーシャンビーチの波に興味をなくしてしまった。でも鎌倉の波だったら大きくなっても大丈夫だから、ロングに転向したんだ。

七本のボルト

ボクは事故にあって、四か月のあいだ、車椅子で暮らしたことがある。バイクで縁石に突っ込んで、右足のひざから下を激しく痛めた。医者は、「脚を切断するしかない」って言った。ボクはどこまでも楽天的だから、「ニーボード」っていうひざで立つサーフィンならできるかな、なんて考えていた。でも一生のことだから、わざわざ飛行機に乗ってサンフランシスコの有名なお

医者さんに診てもらうことにした。ベッドに横たわったボクを、三人の医者がとり囲んだ。「あなたは、これから、なにをしたい？」と訊くので、「サーフィンがしたい」と答えた。三人の医者は、ボクの前で議論をはじめた。意見がまとまり、「こういう手術をします。脚はもちろん切りません。ボルトを七本入れます。でも手術のあと、四か月間、車椅子での生活をしてもらいます」と言った。おかげで、ボクの脚は今もつながっているし、脚を引きずることもない。そして車椅子での経験は、ボクを謙虚にさせてくれた。横断歩道をゆっくり渡ること、目線を低くするということ。自分の人生を考え直す、いい時間をもらったと思った。自分は、ラッキーだとされ思った。人生に無駄なことはないと、今でも思う。

ふざけてはいけません

トリノ・オリンピックで、あるスノーボーダーが、もう絶対に一位、金メダルってときに、たぶん、もうあんまり必要のないトリックを入れたんだ。すると、ずっこけてしまって、転倒。すぐに抜かれてしまって、結局銀メダル。ああ、余計なことをして、後悔しただろうなって思った。それで、思い出したんだ。ボクもいらないことをし失敗したことがある。サーフィンの帰りにね、崖沿いをクルマで走っていたんだけど、つい、調子に乗って、そのじゃり道で、わざとスリップして遊んだんだ。すると、もう止まろうってときにブレーキが効かない。地面が、つるつるだったんだ。ああ、やばいって思った。クルマ止めに乗り上げて、やっとクルマは止まった。本当に、死ぬかと思ったね。でもね、ふざけること、なかなかやめられないんだよね。

Homeless Kid

アメリカでは、家を改造したり、ペンキを塗るときは、町のホームセンターに行って、そこに待機している肉体労働者を雇うことが多い。僕も家を改造しているとき、よく友達とホームセンターに行って、働く人を見つけたものだ。そこにいるほとんどはメキシコ人か、南米から来ている移民だ。彼らは本当によく働く。きっとメキシコには家族がいて、送金してあげているんだろう。トラックを前に止めて、「ペインター」「カーペンター」「コンクリート」と声をかけながら、必要な人数を叫ぶと、その仕事ができる男たちがトラックの後ろに飛び込んで来る。ある日、小柄

な白人が、うちのトラックの中に混ざっていた。ちょっと不思議だなと思ったけれど、白人系のメキシコ人かと思って、そのまま家に連れて行った。しかし仕事をはじめたら、スペイン語がまったくわからないことに気づいた。メキシコ人ではなかったんだ。休憩時間に彼と話したら、おもしろい話をしてきた。彼は二三歳ぐらいだったかな。アメリカの東海岸のほうに住む裕福な家庭の息子だった。父は大きな材木の会社をやっているという。学校を卒業してその会社に入ることが父の望みだった。でも父と喧嘩して家を飛び出し、カリフォルニアにたどり着いたという。それなのに、彼は父が払ってくれるクレジットカードを使って暮らしていた。でも父がもういいかげん帰ってこいと思ったんだろう。ある日、カードが使えなくなってしまい、メキシコ人たちと一緒に仕事を探すことにしたそうだ。それを聞いて、ボクは彼を自分の家に泊めてあげることにした。使っていないベッドルームがあったからね。そして友だちのカーペンターに、彼に仕事をあげるように頼んだ。

しかしボクが旅から帰ってくると、彼は玄関で頭を下げてこう言った。「ソーリー、お金がなくなって食べられなくなったから、君の本を売ってしまった」ってね。カーペンターの友だちも彼を雇ってみたけど、全然仕事ができなかったという。かわいそうだと思って許したけど、その後もボクが旅から帰ってくるたびに本やレコードや服が消えていった。ボクも彼を追い出せばよかったのに、なんかおもしろいし、かわいそうだと思い、何回も許してしまった。今から考えると、バカだったね。笑うしかない。一年ほどウチに住んでいるあいだ、何十枚ものレコードや本、洋服が消えて、ボクはやっと彼を家から追い出した。それから一年後、うちの近所に刑事みたいな人たちが来るようになった。うちにはいろんな奴が泊まっていたから、誰か悪いことをしたのかと思った。そしたら、なんとFBIだった。彼を探していたんだ。彼のお父さんはそこまでできる大物だったんだね。そうこうしているあいだに、FBIもいなくなった。きっと今は親のところで仕事して、金持ちの世界に戻ったんだろうね。だったらボクの物を返せって言いたいけどね！（笑）。悪いやつになってないといいな。あ、もう充分悪いやつかな。

第4章

海から、旅から、音楽から、学んだこと

LESSONS LEARNED FROM THE SEA,

THE ROAD AND MUSIC.

35 一本目が大事

サーフィンをする人ならわかると思うけど、最初の一本目は大事だよね。
どんなに良い波でも、どんなに悪い波でも、一本目が大事だ。一本目の波が来たとき、
その波に乗れたらその一日のサーフィンはうまくいく。
その波が良ければ特にね。
でも、もしその一本目の波をミスしたり、知らない人にとられたりすると、
なにかハートに重いものがぶら下がったように落ち込むんだ。
こんなときは、続けざまに何本も乗れなかったりする。
そうなると、なんでだかわからないけど、控えめになってしまう。
落ち込んでいるのかな?
気を取り直すには早く最初の波に乗らないとだめなのに、
なぜか知らないけど、乗れないんだ。
ボクがいるところに、波がうまく来なかったり、

パドルしたら波が割れなかったり、
乗ったと思ったら、奥からもう人が乗っていたり…。
このゾーンに入ってしまうと、なかなか抜け出せなくなるんだ。
できることはがんばるだけ。
ボクはこういうときはちょっとインサイドに行って、
なんでもいいから乗る。
スープでもいいよ。悪魔を吹っ飛ばさないと。
そこで、あきらめて上がっちゃだめだよ。
アタマを切り替えて、一本波に乗るまで上がっちゃだめだ。
だけど一本の波に乗れたら、
今までの気持ちはなんだったのかと笑えるよ。
まずは一本目を大事にしよう。

36 スキーは楽しい！

アメリカではよく、スキーの初心者って、
いちばん高くて険しい上級者のコースに連れていかれるんだ。
ゆっくり降りてくるのを、みんなに笑われるんだ。悔しいから、すぐ上達するよね。
でも、その訳は、また別のところにもあるんだ。
なだらかなコースは危ないんだ。下手な人が多いからね。
上級者のコースは、みんなうまいから、下手なボクをよけてくれる。
まず最初に、厳しいところに行ってみる。それは、人生もおなじかなあって思う。
若いころにかく恥ってなんでもないよね。
最初から、なだらかな生き方で妥協すると、もう険しいところに行けない。
誰かが言ってたよ。
成功の反対の言葉は、失敗じゃなくて、妥協だって。
失敗は、成功につながるけど、妥協は永遠に成功に近づけないよね。

37 サンタクロースになった日

ボクは、一度、サンタクロースになったことがある。
友だちに「どうしてもサンタをやってくれ」って頼まれて。
まだ小さかったボクの子供のためにも、やってもいいかなと思った。
ところが当日になって、急に子供が熱を出して行けなくなった。
すっかりモティベーションは落ちたけど、ボクは行った。約束だから。
最初はやる気がなかった、恥ずかしいし…。
でも、だんだんたくさんの子供たちがボクの周りに集まってきた。
ボクとジャンケンをして勝つと、プレゼントがもらえた。
その子供たちの目がキラキラ光ってた。その顔を見ていたら、すごくうれしくなった。
「ああ、楽しいな！」と、思った。一度、サンタになることをすすめるよ。
サンタから見た世の中は、なかなかすてきだ。

38 ゴルフショップの店員の仕事

ハワイでゴルフショップの店員の仕事を見つけた。
店長からは売れ残った去年の靴を
「お客さんレアですよ」と言って売りなさいと説明された。
アメリカ人の観光客が間違えてお店に入ってきたときは、
ボクは隠れようとしていた。
なぜならその店は、たとえば普通なら一〇〇ドルで売っている商品を、
日本人向けに三、四倍にして売っていたからなんだ。
よくアメリカ人のゴルファーたちに
そのことを笑いながら言われた。
「向かいのお店では三分の一の値段で売っているのに、
なんでこんなに高いの?」って。
恥ずかしかったよ。

いわゆる、ぼったくりだった。
それからなぜかわからないけど、
その店に来る日本人客のほとんどが
態度のでかい成金ばかりだった。
でもそういう人に、高いものを売るほうが簡単だった。
ボクは一か月ぐらいで辞めてしまった。
店長に、なぜ辞めるのかと訊かれたとき、
こう言ったんだ。
「ここにいると、ボクは日本人が嫌いになってしまいます」ってね。

39 頭上の波

運動神経がいいからといって、すぐにできるほどサーフィンはたやすくはない。
サーフィンでは、どんな大きい波でも、また小さい波でも、たとえ怖くても、
波を乗り終わったときに笑顔になれれば、それでいい。
たとえ洗濯機の中にいるみたいにグルグルと巻かれて息が切れて、
「ここで死ぬな！」と思うような、ヘビーなワイプアウトをしたときでも、
水面に顔を出したあとに心から笑えれば、次がある。
逆に笑っていられるようじゃなきゃ、その波には乗ってはいけない。
仕事でも恋愛でもそうだ。笑うことができないほど苦しくなったら、
そこが自分の限界だと思ったほうがいい。
なにもすべてをクリアしなくてはならないわけではない。
とはいえ、サーファーにとってチューブに入ることはひとつの目標だ。
やってみようと思うなら、方法はひとつしかない。

実際、入って波に巻かれてみるしかないんだ。
波のショルダーばかり乗っていてもいいけれど、
自分がどこまでいけるのか、試してみるのもいい。
その昔、この話をニューヨークに住んでいる画家の友人に話したら、
絵の世界もおなじだといっていた。
絵もリスクを恐れずに挑戦していかないと、
新しいものは見えてこないらしい。
でも、それには自分の歩幅でステップしていくことも大切だと。
サーフィンもいきなり大波に乗れるわけではないが、
ひとつひとつ自分をクリアしていけば、いつしか違う自分になっている。
たとえ怖くても、好奇心が恐怖心に勝ったとき、初めてチャンスが訪れる。
そんなときは、波間に顔を出した自分の顔が笑っているはずだ。

40 ハレルヤ！

毎年、クリスマスの季節になると、
かならず聴く曲がある。
それは、k.d.ラングの『ハレルヤ』という曲。
これは、けっこうキツイ歌なんだ。
かざっている自分を丸裸にするような曲。
冬の夜、ひとりで歩きながら、この曲を聴く。
するとね、本当に自分に向き合うことができる。
一年の終わり、お正月までのぽっかりあいた〝無〟の時間に
自分と向き合うのは、いいもんだ。
自分って、人間って、弱いなあってわかると、
とっても謙虚な気持ちで、新年を迎えることができるからね。

41 好きな人が最後の人

前にも話したけど、ボクはハワイでペディキャブをやっていたことがある。

レンタルすれば、ビザのない外国人でもできる商売。

ひとりのブラジリアンがいた。歳は三〇歳くらい。

彼はマッチョで、ゲイだった。ビザは持っていなかった。

ある女の子が、その彼に「ビザがどうしても欲しかったら、結婚してあげるわよ」と言ったんだ。

彼女はニューヨーク出身のアメリカ人だった。

彼女は、彼がゲイであることは知ってる。で、ふたりは仲良くなった。

そのうち、彼女は本当に彼のことが好きになってしまったらしい。

結局、彼女は彼にふられてしまうんだけど、
そのあと、彼女は二度と男の人を愛することができなくなってしまった。

彼は、彼女が愛した最後の男の人だった。

今、好きな人が最後の人。そう思って、人を好きになりたいなって思った。

ちょっと切ない大人の道を歩きはじめた人たちを歌ったアルバム

『レイト・フォー・ザ・スカイ』は一九七四年に発売された、ジャクソン・ブラウンの三枚目のアルバムだ。ジャクソンのアルバムでは、ボクがいちばん好きなものだ。ヒットした曲はなかったけど、このアルバムに入っている曲のほとんどが名曲といっていいと思う。アルバムはちょっと切ない大人の道を歩きはじめた人たち、いろんなことを考えだした人たちをテーマにしている。恋や自分自身がこの世の中にどんなふうに関係しているか、未来のことも考えはじめている。音楽はメランコリーな感じだ。アップテンポの曲もあるが、メロディにも、なにか見えないものに向かって問いかけているようなニュアンスがある。子供のころの無邪気さが消えていくジェネレーション。ちょうどボクもそういう悩みがあったころだ。ボクはこのアルバムをＬＰとして一枚、ＣＤとして二枚持っている。もちろんすばらしいアルバムだけど、三枚持っているのは別の理由だ。レコードの時代は、聴きすぎるとどんどん音が悪くなっていくから買い直す必要があった。そしてレコードがＣＤに変わったときにも、持っていたレコードをほとんど買い直した。つまり三回買っているアルバムも少なくないというわけだ。しかしこの『レイト・フォー・ザ・スカイ』は逆に、レコードを一回、CDを二回買っている。一九七四年に発売されたときのレコード盤、そしてCDになった一九八〇年代に一枚。そして最近もう一枚買った。

馬鹿げた話だけど、ある日、車を運転しているときにプレイヤーに入れるとCDがかからなかったのでよく見てみると、表面がすごく汚れていることに気がついた。なにかベトベトしていたから、フロントガラス用のウォッシャー液を使おうと思った。そこで車の窓から手を出して、フロントガラスの外側にCDを置いて液をかけようとした。そしてボタンを押した瞬間、ボクは慌てふためいた。なんとワイパーがCDをつかみながら、動きはじめてしまったんだ。ボクの目の前にはワイパーと一緒にCDが右から左にフロントガラスを拭くスポンジみたいに動いていた。CDはもうボロボロ、表面が傷だらけで、透きとおって向こう側が見えるようになっていた。車の中はボクひとりだけだったけど、大笑いした。

自分は馬鹿か、子供か。

そんなわけで、ボクはもう一枚買うことになった。そしていまだにこのアルバムを聴くと、ボクはまだまだ大人になる途中の旅を続けているんだなと思うんだ。

42 ダンスパーティで学んだこと

ボクが中学二年、韓国のアメリカンスクールにいたときの話。
学校のダンスパーティがあった。
中学生も、高校生のダンスパーティに行くことができた。
ボクは、そこでナンシーっていう名前の、
とびきりかわいい高校三年の女の子にこう訊かれた。
「あなた、ダンス、踊れる?」。
ボクはすぐに答えた。「うん、踊れるよ」。
でも、本当は踊ったことなんかなかった。
でも、ボクは昔から、「できない」とは言わない。
そのころのボクはヒッピールック、長い髪だった。
高校生から見たら、おもしろく見えたんだと思う。
ボクは、ナンシーと踊った。

これが不思議なんだけど、ちゃんと踊れたんだ。
踊りながら、クラスの女の子を見た。
彼女たちは、あきらかに
「すごい！」という目でボクを見ていた。
年上のきれいな女性と踊っているだけで、
自分の格が上がってしまったみたい。
それからは、みんな「ボクと踊りたい」って言ったんだ。
正直に「踊れない」って言っていたら、
こんなふうにはならなかったよね。
とりあえず、失敗してもいいからやってみること。
ボクは、ダンスパーティでそのことを学んだんだ。

43 あったかい気持ち

鎌倉に、幼なじみがいる。ボクよりひとつ年上の女性。彼女は、スイス人と日本人のハーフ。

小さいころ、ボクが海外に引っ越すまで、仲良しだった。

小学生のときのファーストキスの相手なんだ。

ボクが二〇年ぶりに鎌倉に戻ってきて、再会したんだ。

彼女はね、ふたりで並んだ小学生のころの写真を、ほかの友だちに見せて、

「わたしの彼、やっぱり若い子がよかったらしいの」って、ジョークを飛ばす。

ボクのワイフが若いからね。彼女の旦那とばったり会ったときには〝元彼〟と紹介された。

そんな会話ができるのって、いいなあって思う。

なんだか昔の友だちは、あったかい気持ちにさせてくれる。

ひとりよりふたりのほうが、たくさんの思い出をつくれるんだなあって思うんだ。

「おたがい、歳取ったねえ」って話せるのって、いいよね。

若いころを知ってるってことだから。

44 大人への階段

中学のとき、ボクは、韓国のインチョンという米軍キャンプにいた。小さなキャンプで、住んでいるのはボクたち家族と、ＭＰ（憲兵）や軍のえらい人。全部で、一〇人もいなかった。で、そのキャンプの中に、みんなが集まる建物があった。

キャンプの男たちは、夜になるとそこに集まり、みんなでビリヤードをやった。

ボクも仲間に入れてもらった。

その部屋には蓄音機があって、レコードは五枚しかなかった。

モンキーズが四枚。あと一枚はザ・ローリング・ストーンズだった。

毎晩毎晩、ボクたちは、その五枚のレコードを聴きながら、ビリヤードをした。

ボクは、そこで大人の仲間入りをさせてもらった。

そこで教わったことは、繰り返しレコードを聴くことで、その曲の良さがわかるということ。

そして、ビリヤードを打つ男たちを見て知った、真剣に楽しむことのかっこよさだった。

あの場所はボクの学校だった。

45 サーフィンの時間

サーフィンもほかのアクティビティと同じように、
だんだん歳を重ねていくと、やる時間が少なくなっていく。
若いころは学校をさぼってでも、サーフィンに行っていたけどね。
それこそ高校三年のときは、
週に二回しか行かなくていい学校に通っていたので、
残りの日はサーフィンをしてた。
二〇代に入り、社会人になっても仕事をさぼって海に行った。
でも、そんなことがずっと続くと思ったら大間違いだった。
ボクは、一時期、波乗りから離れていたときがあった。
一九歳から二二歳ぐらいまで、世界をぶらぶら旅行していたころだ。
サーフボードなんか邪魔な物を持っていくような旅じゃなかったんだ
(今になると、サーフィンができない旅にはもう行きたくないけど)。

その旅のあと、サンフランシスコに住みはじめ、
もう一度サーフィンに戻ったんだ。

でもそのときは、車のメカニックになるための学校に行っていた。

卒業後にメカニックとして働きはじめた。

最初は知らなかったんだけど、メカニックは毎日、
午前八時から午後五時までの仕事なんだ。

海に行く時間なんか土・日しかない。

そして、さぼれる仕事じゃなかった。

耐えられなくなって数年後、仕事を変えた。

それからというもの、海に行ける時間がとれる仕事をたくさんやってきた。

それでも人生は、サーフィンを邪魔するさまざまなオブスタクルを当ててくるんだよね。

いちばんは怪我だった。サーフィンをやっていると怪我をするのはしょうがないけど。

フィンで切ったり、岩に当たったり、板に当たったり。

ついてないやつはローカルにやられたり。

ボクは岩に当たって鼻を折ったこともあった。

それにサーフィンじゃなくても病気や怪我はあるよね。
最初に長く海に入れなくなったのは、サーファーズ・イヤーのとき。
サンフランシスコの海の水は冷たいから、一年中ウェットを着るんだ。
そこで耳栓をすればよかったけど、しなかったから耳が塞がってしまった。
それも両耳とも。当時、サーファーズ・イヤーの手術は大変なことだった。
その手術のあとは半年間、海には入れない。
手術は片耳ずつだから、両方やると一年以上海に入れないことになる。
そのあとやったのはバイクの事故。今度は二回手術した。
一回目の手術とリハビリで、海には八か月間、入れなかった。
二回目の手術でまた一か月は海に入れなかった。
そのあいだ、どんどん歳は取っていく。
あいだを空けると、元に戻すのは大変だ。
もう前に乗った波には戻れないんだよ。
そのうえ、結婚したり、子供ができたりすると、
海に行ける時間がだんだんすくなくなる。

大人になるといろんな責任が出てくるから。
だからこそ、海に行く時間は意識的につくらないといけない。
二度とその時間は来ないよ。
最近、ボクの周りの五〇代のサーファーたちは、
これからあと何回サーフィンに行けるかなといつも言っている。
でもきっと良いこともある。
もっと歳を取ったら、昔みたいな大きい波には乗れないけど、
また行ける時間がだんだん増えてくるに違いない。
それまで時間をつくってサーフィンをしよう。
また時間ができたころ、気持ちのいいサーフィンができるように。

46 才能があるということ

韓国の中学時代の友だちに、なんでもできる同級生がいた。
ギターは誰よりもうまい。歌も上手、曲をつくることもできる。
アタマもいいから、きっと、彼はすごい人になるんだろうと思っていた。
ミュージシャンか、弁護士かなって。でも、彼はすごい人にならなかった。
彼は、じつは、絶対に自分から動かない人だった。
彼がやってきたことは、全部、誰かが頼んだ仕事だった。
彼のスタンスは、仕事だから、やる。
頼むと、すごいCDをつくったりするんだけど、自分から曲を書いたりはしない。
結局、彼は、自分という「枠」を出る人ではなかった。
自分から越えようとしないと、越えられないハードルってあるんだと、
彼の人生を見ていて、思ったんだ。
才能は、持っているだけじゃだめなんだね。

47 戻すのに十年

サンフランシスコで、古い家を買ったときの話。
ボクと友だちは、その二階建ての家を見たとき、壁をはがしたくなった。
まず小さな部屋の壁をはがした。なんだかすっきりしていい感じだった。
それがなんともいえず楽しくて、次の部屋の壁もはがした。
その外の壁もはがした。壁を壊す道具まで買ってしまった。
それを延々と続けていたら、家が柱だけになってしまった。
玄関を開けると、二階のトイレが見えたりするんだ。
あ、これは、まずいなって思った。
仕方ないから、少しずつ家を直していった。
これがまたお金と時間がかかった。
結局、二週間でばらした家を戻すのに、一〇年かかっちゃった。
人間関係も壊すのは簡単だけど、元に戻すのは苦労するよね。

48 海は怖い

ボクはずいぶん長いこと、サーフィンをやってきた。海とも長いつきあいだ。

海がボクに教えてくれたのは、「海に落ちたら死ぬよ」ってことだった。

実際、波に巻かれて、何度も死にそうになった。

でもボクは、波に入ることをやめなかった。

このあいだ、台風が来たとき、ボクは鎌倉で海に入った。

二メートルくらいの大きな波だったんだ。久しぶりの大きな波に、ボクは巻かれてしまった。

「あ、やばいな」って思った。「このままいっちゃうかな」ってね。

でも、どこかで冷静だった。パワーコードをゆっくりたぐった。苦しかった。

やっと海の上に顔が出たとき、ボクはどうしたと思う?

笑ったんだよね。うれしくて、楽しくて…。

どんなに苦しくても、笑うことをやめない。

ボクは、いつもそんなふうに生きたいって思ってるんだ。

49 変わらない店

サンフランシスコのチャイナタウンに、毎年訪れるレストランがある。
「湖南又一村」というチャイナレストラン。
そこは、ボクが二四歳くらいから食べに行ってるけど、別にただの普通の店なんだ。
おじいさんの代から、その息子、そして、今はそのまた息子に引き継がれてる。
久しぶりに行っても、「おう、ジョージ！」と、
ボクのことを覚えていてくれて、良い席に通してくれる。
その店に行くと、ホッとする。
なにがボクの心を落ち着かせるかっていうと、
時代が変わり、人が変わっても、なにも変わらないからなんだ。
どんなに自分が変わっていっても、ずっと変わらない場所があるって、いいよね。
いつも自分に帰ることができるから。

50 ワイキキでの忘れられないサーフィン

ワイキキでの、忘れられないサーフィンがある。
ナンバースリーズというポイントは、
望遠鏡で見ないとわからないほどの沖で、波に乗る。
その波は、とてつもなく大きい。
ボクは、自分の力もかえりみず、沖まで行った。
それもパワーコードなしで。
ボクと一緒に波に乗る、地元のハワイアンがいた。
彼もパワーコードをつけておらず、ふたりは大きな波にのまれてしまった。
ふたりとも、ボードを流してしまった。彼はボクに怒っていた。
きっと、実力もないのに、ここに来たからだ。
彼は泳いで、まずボクのボードにたどり着いた。
それに乗って、自分のボードを取りに行く。

ああ、きっとボクのボードを持ってきてくれるんだなと思ったら、
甘かった。とんでもない。
彼は自分のボードに乗ると、ボクのボードを放り投げた。
ボクが自分のボードまで泳いでいると、
彼はボードに乗って、今度はボクに突っ込んでくる。
何度もボクを轢こうとした。彼は本気で怒っていたのだ。
彼が来るたびに、ボクは轢かれないように、もぐった。
なんとか、自分のボードにたどり着いた。
それから、数日後、またそのポイントに行った。
彼がいた。彼はもちろん、ボクを覚えていた。
結局、彼とは仲良くなった。
でもあのとき、追いかけてくる彼は本当に怖かった。
ちゃんと乗れないやつが、
決して近づいてはいけない場所があるんだと
彼は教えてくれた。

51 ホームステイの天国と地獄

ボクの知ってる女性で、高校生のころ、サンフランシスコにホームステイした人がいる。

彼女は、サンフランシスコから北に行った田舎町、ペタルマの農家にお世話になった。

牛を何百頭も飼っているファミリーだった。最初、彼女は、自分はハズレだと思ったらしい。

ホームステイ先は選べなかったから、どんなところに行くかわからない。

朝四時に起きて、馬に乗って、泥だらけの毎日。でも、あるとき気がついた。

たとえば、ベジタリアンの家にステイしたクラスメートは、持ってくるお弁当も野菜ばっかりで、しまいには痩せてしまったらしい。

宗教を強く信じている家では、一緒にお祈りをやらされた。

缶詰を一日中、つくり続ける人もいた。

でもきっと、あとで、みんないい経験だったと思うんじゃないか。

アタリ、ハズレはない。

そこで、なにを学ぶかってこと。それって、人生もおんなじだよね。

52　ハートはＹＥＳ！

みんなは、友だちから「お金を貸して！」と言われたことがありますか？
ボクもあるけど、そんなとき、みんなはどうしてる？
たとえば、ある友だちが「ジョージ、五ドル貸してくれ」と言ってきた。
ボクは考える…
今、彼は仕事してないから、きっと返してくれないだろうな。
忘れっぽいし…それで「ＮＯ」と答える。
「貸せないよ」って言う。
でもね、ボクは、こう思うんだ。
ハートでは、いつもＹＥＳなんだ。
アタマでいろいろ考えると、ＮＯになるんだよ。
できれば、いつもハートで生きたいと思う。
そうすれば、ボクはいつもＹＥＳ！　なんだ。

53 サンフランシスコの波

サーフボードを初めて買ったのは、高校生のころだけど、
本格的にサーフィンにのめり込んだのは、
二〇代になってサンフランシスコに住んだとき。

ゴールデンゲートブリッジの下のフォート・ポイントというところで、
サーフポイントは、ロケーションも美しかった。

太陽が沈むと、橋がライトアップされた。

東には、ダウンタウンの夜景がキラキラ光っていた。

山から上がってくる青白い月。そんななかで、波が見えなくなるまで海に入っていた。

平均して身長の二倍の波が立つオーシャンビーチでは、ハードコアなサーフィンに没頭した。

あまりに波が強くて、サーフボードが折れる日も珍しくない。

波の強さで、ウェットスーツが切れることがあるくらいだった。

そんな厳しさが、かえってボクは好きだった。

簡単に越えられないから、越えたくなる。
気軽に近づけないから、ちょっとでも近づけるとうれしくなる。
ボクは何年間も週に四～五回、一日四時間くらいは海で過ごした。
まるで波に乗るために生きているみたいに……。
歳を取るにつれて経験は豊富になるけど、
反対にできなくなることもある。
サーフィンも一緒だと思う。
人にはそれぞれピークというのがあって、それがわかったときに、
サーフィンのなにかがわかるんだと思う。
そのピークがくるまでは、ただ必死に波に乗る。
そして、ピークが来たときに考える。それは、うまいとか下手ではない。
全部、心の中で起きることだ。
サンフランシスコでは、ピークに向かってただひたすら波の中にいた。
だから、あの風景は今も忘れられない。

ボクを音楽の世界に引き戻してくれた『ワンナイト・スタンド・ブラザーズ』

今ではすっかり音楽通で売っている（笑）ボクだけど、じつは音楽から離れたときがあった。ラジオも聴かず、レコードも買わなかった。それは一九八〇年代。音楽自体がすごく冷たくなっていた。ボクの好きなナチュラルな音から離れていた。最新のコンピュータドラムが流行っていて、リズムはコンピュータのプログラムを使って完璧になっていた。人間が持っている自然な揺れや、ノリがなくなっていた。ドラムやベースのビートはまるっきりおなじにそろえられていた。そしてギターの音、歌のピッチまで整っていた。音程こそ合っていたが、そこには魂がなかった。そんな時代のなか、ムッシュかまやつと彼の仲間たちが自然な味のレコードをつくりに、当時ボクが住んでいたカリフォルニアにやってきた。ムッシュはナチュラルなライヴ感があるレコードを求めていた。それをつくるために大きなひと部屋のスタジオを借りた。そのスタジオはサウサリートというサンフランシスコ湾に面している街にあった。当時のサウサリートは昔ながらのヒッピー文化がたっぷり残っていた。港にはたくさんのハウスボートが浮かび、みんな船の上で生活していた。海沿いのボードウォークにはいくつかのおいしいレストランもあった。ギターは今 剛、キーボードは難波正司、ベースは高水健司、ドラムスは島村英二。バンドの名前もアルバムの名前も『ワンナイト・スタンド・ブラザーズ』。レコーディングはほとんどワンテイクで、いわゆる生録り。そのなかに何人かのアメリカのミュージシャンも参加していた。ハーモニカはスティーブ・ミラー・バンドのメンバーでもある、ノートン・バッファロー。そしてフィドルにはデビッド・グリスマン・クインテットのマイク・マーシャル。このふたりが一緒にアルバムに参加しているのはきっとこのアルバムだけだと思う。これをまとめたのはロスのトップサウンドエンジニアのスティーブ・ミッチェル。彼らがここでつくった音楽は、スタジオのトリックを使っていないストレートなロックだ。そんなこんなで、このアルバムはレコーディングからマスタリングまで、わずか二週間でできあがり、ミュージシャンが遊んでいるような楽しさにあふれている、オリジナル曲だらけの一枚となった。ボクはこのレコーディングのコーディネートを務めたおかげで、もう一度、音楽に目覚めた。時代の流れに乗っていない、ピュアで正直なロックがボクをもう一度、音楽の世界へと引き戻してくれたんだ。

54
鎌倉の奇跡

高校生のころ、鎌倉にいたときの話。
ボクは、兄のチャーリーが大事にしてた
カヌーをひっぱり出して海に出た。
そのカヌーは、チャーリーがわざわざアメリカからオーダーしたもので、
ふたり乗りだった。
そこに、ボクたちは、兄も入れて五人くらいで沖に出た。
なんと台風の日に…。カヌーで大きな波に乗りたかったんだ。
兄はお金と大事にしていた時計をビニール袋に入れて、
カヌーのへさきの下に置いたんだ。
そこへ、とてつもなく大きな波が来た!
カヌーは、まっぷたつに折れてしまった。
おまけにビニール袋も海に沈んでしまった。

ボクたちは、浜辺に上がった。
でも兄はいつまでも海岸線を行ったり来たりしている。
彼は大事な時計の入ったビニール袋を探していた。
みんなは、見つからないよってバカにした。
でも、彼は探し続けた。
でね、二時間ぐらい経ったころ、彼が「あったよ！」と、大きな声を出した。
ビニール袋が浜辺にうち上げられていた。
大事なものを探し続ける。
それは、ときに周りからバカにされるかもしれないけれど、
探し続けた人だけが見つけられるんだね。

55 身の程を知ろう

初めてのサーフポイントに入るとき、気をつけなきゃいけないことはたくさんある。

まずは岩やリップをチェック。水の流れを知るのは大事だよ。

もし板を流したら泳がなきゃだめだからね。そして、もちろんサメもチェックしないとね。

海に入る前に頭の中でサーフィンをしよう。ほかのサーファーがいるとすこしは楽だよね。

彼らのライディングを見れば必要な情報は入るから。

でもラインアップに向かってパドルするときは、いくつかのルールを守ろう。

最初に挨拶しよう。そして、ラインアップの中に入りこまないで、端のほうで波を待つべきだ。

ラインアップしているサーファーたちはずっと波を待っているんだから、順番を待とう。

そして、自分の番が来たら行け。

「PADDLE LIKE HELL!」

全力を使って波をゲットしないと。波は乗るためにある。

初めてのサーファーは絶対乗らないといけないよ。そこのローカルたちに見られているからね。

そこでその波をうまく乗れたら、その日はそこの波に乗っていいんだ。
でももし落ちてしまったら、その日はそのラインアップにはもう行かないほうがいい。
そこのローカルは落ちたのを見ているから、もう波を譲ってくれないと思う。
あたりまえだよね。波の数はすくないんだから、乗れない人にはあげられない。
もし、また落ちたらもったいないからね。
ボクの友人のウィングナットに言われた言葉があるんだ。
「GO OFF AND LICK YOUR WOUNDS!」
怪我をした動物が逃げて誰もいないところへ行って、自分の傷をなめる。
サーファーも同じだ。その日はどっか別のところに行ってサーフしたほうがいい。
またチャンスはくる。
そこの波を乗れるレベルになってから、もう一度トライしよう。
あのウィングナットだってそうなんだよ。

56 夕焼け

鎌倉、七里ヶ浜に、大好きなレストランがある。
そのレストランの店の前にテーブルがあって、
そこに座って夕焼けを見るのが、ボクの大切な時間なんだよね。
テーブルの向こうは、海岸道路。そして、砂浜、海と続く。
アメリカの友だちは、みんな驚く。
普通、道の向こう側の、砂浜の近くに店があるものだからね。
でもね、これが不思議なんだけど、夕焼けを見ていると、
渋滞も、オートバイの音も、全然耳に入ってこないし、見えない。
夕焼けだけが、そこにあるんだ。
人生も、こうやって、好きなものが見えていると、雑音が消えるね。
雑音が耳に入らなくなった人は、強いよ。
そう、ありたいね。

57 ハーフ

ボクは、ハーフ。アメリカと日本、ふたつのふるさとを持っている。
小さいころ、仲間にもハーフがいた。でも、彼らの多くはこう考えていた。
「自分にはふるさとがない」って。「ハーフには田舎がない」って。
あっても、半分半分だと思う人がほとんどだった。
そう考える人は、自分がなんだかわからなくなって、ドロップアウトしたり、
自分を大切にできなくなったりした。でも、ボクは違ったんだ。ボクは、こう考えた。
「ラッキーだ！ ボクには、ふるさとがふたつある」ってね。
半分と思うか、ふたつと思うか。チョイスだよ。
どっちを選んでもいい。
人生はいつもチョイスだ。
つまり、どっちを選ぶかだけなんだ。
ボクはハーフだったおかげで、そのことに気がついた。

ノー・フィン・ノー・ファン（フィンがないとつまらない）

最近、サーフィン雑誌で、フィンが付いていない木製のサーフボードを見かける。ボクも近いうちに一本つくってみようかなと思っているんだ。もう十何年前の話だけど、トシという友だちとサーフビデオをつくるために、レユニオンという島に行ったことがあった。レユニオンはマダガスカルの東にある小さなフランス領の島だ。フランスの島とハワイでいちばん違うのは、波ではないいんだ……。女性たちが海でもホテルのプールでもみんなトップレスなことだ。女性の話をしているんじゃないいんだよね、戻りましょう。

そのときは、世界中のサーファーたちが、オックスボウの大会のためにレユニオンに来ていたんだ。そこでいろんなサーファーたちを撮影するのに、朝から晩までずっと彼らのサーフィンを見ていたんだ。見ていていちばん感動したサーフィンは、ハービー・フレッチャーのライディングだった。彼はどんな波に乗っても、すぐにノーズに行ってボードのテールを上げて波からフィンを抜いて、波に乗っていたんだ。それに落ちない。ボードにはフィンが付いているのに、毎回フィンを抜いてサイドスリップしながら波に乗っていたんだ。それも毎回だよ。そのあと、撮影が終わって日本に戻ったら、ラッキーにも七里ヶ浜の正面に腰腹ぐらいの波があった。もちろん入ったよ。そこで一本乗ったら、なにかボードがハービーのボードみたいにサイドスリップしたんだ。すごいと思った。彼のライディングを毎日見ていたから、ボクのカラダが自然にイメージトレーニングをしていたんだと思う。三本の波をスリップしながらきれいに乗った。でも三本目の終わりにワイプアウトして、ボードがひっくり返ったんだ。ボクはなにげなくフィンのほうに目をやって、驚愕したね。なんと、ボードのフィンが折れていて、今までフィンなしで乗っていたのがわかったんだ。つまり、イメージトレーニングのおかげじゃなくて、ただフィンがなかっただけなんだ。それから、これはいいなと思って、もう一度アウトサイドに出て、波に乗ったらすぐ落ちてしまった。フィンがないと思ったら、考えすぎて乗れなくなっちゃったんだね。サーフィンって、そういうもんだよね。

ポール

小学6年のころに、テキサス州のダラスに住んでいた。引っ越して間もないころは、まだあまり友だちもいなくて、家が隣同士だったポールとよく遊んでいた。学校から帰ってから、スロットレーシングをしたり、裏にあった川で泳いだり、釣りをして遊んでいた。学校ではそれほど友だちがいなかったポールは、学校ではみんなにピュープと呼ばれていて、ボクはその呼び名があだ名だと思っていた。

そんなある日、ボクは意味もなく、彼のことをピュープと呼んだことがあった。すると、その瞬間から彼は何も言わずにボクの家から出て行ってしまった。それから何回誘っても、ボクとは遊んでくれなくなってしまった。今考えると、きっとそう呼ばれて彼はいじめられていたんだと思う。

ある日、どこか遠いところで大雨が降ったせいで、家の裏にあった川の水かさが増した。いつも足首しかないところも、何メートルも水が上がった。そうなると、子供たちは早く流れている川に飛び込んだり、滝を滑り降りたりして遊ぶんだ。ボクたちも何人かで泳いでいた。するとそこにポールも現れた。なにごともなかったように、一緒になってボクたちと遊んでいた。ぁぁよかったなとボクは思った、もう一度、彼と友だちになれたんだなって。でも、残念ながら、そのセッションが終わったら、また、ボクに対して冷たいやつになってしまった。川の洪水の力でボクたちの友情がもう一度燃えたけど、その川の水面が下がっていくとともに、友情はなくなっていった。ボクはそんなに彼を傷つけてしまったのかな。

青い影

プロコルハルムの『青い影』を聴くと、ローラースケートをやっていたころを思い出す。テキサスに住んでいた小学生のころ、子供たちの楽しみは、ローラースケートだった。街の外れにリンクがあったので、男の子はみんな自転車で通った。女の子は、家のクルマで送り迎えしてもらっていた。スケートリンクには、ポップスが流れていた。その曲に合わせて、踊りながら滑ったりした。いちばん最後の曲の前に、こんなアナウンスが流れる。「ここからは、カップル・ザ・オンリー。最後の曲は、カップル以外は滑っちゃだめだよ」。『青い影』が流れ、いわゆるチークタ

イムがはじまる。男子と女子は手をつないで、ゆっくり滑る。当時、仲良くしていた女の子がいた。彼女はボクがあげた、ボクの野球チームのスタジアム・ジャンパーを着ていた。ある日、最後の曲がかかると、その娘はボクにそのジャンパーを返しに来た。それは「さよなら」のサイン。彼女は、別の男の子と滑りはじめた。帰り道、雨が降ってきた。自転車をこぎながら、ボクの頭の中では『青い影』が鳴り響いていた。

GeorgeCockleを知るヒント

第5章

笑える話も いろいろ あってさ

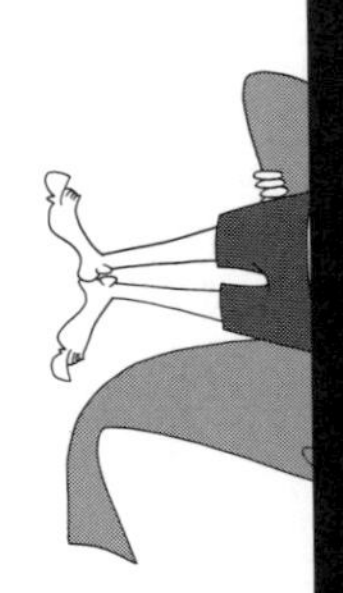

MANY STORIES, MANY LAUGHS.

58 サーフィン仲間

「サーフィンは人を自由にする」とか、「サーフィンはリラックスした時間を運んでくれる」
などと、人はよくそんなふうに言うけど、もうひとついいことは、友だちが増えるってことだ。
昔、日本からアメリカに引っ越したとき、ローカルのことは誰も知らなかったんだけど、
海で喧嘩して怒鳴りあったことがきっかけで、友だちになった男がいる。
喧嘩したことで、すでに会話ははじまっているんだ。
アメリカ人はお互い言いたいことを言えば、すっきりしてあとにひかないから余計かもしれない。
もしそこで喧嘩をしなかったら、次に会ってもなにもない。
そいつはニーボーダーだったから海の上では小さく見えたけど、
海からあがったら想像以上にでかいやつで、
彼と殴り合いをしていたら、ボコボコにやられていたなって思ったよ。
彼とはそれから言葉を交わすようになり、
今では彼の息子がわが家に泊まりに来るぐらいの

家族ぐるみのつきあいになったほどだ。
それから、こんなこともあった。
ポイントブレークの海で
ボクともうひとりのサーファーしかいなかったとき。
代わる代わる波に乗ればいいのに
われ先に乗ろうとするものだから、
どんどん沖に行ってしまい、結局ふたりとも波に乗れなかった思い出がある。
ほんと、バカだよね。そのサーファーとはそのあと、
何年かして同じポイントで海を見ているときに、ばったり会ったんだ。
そのポイントには何十人ものサーファーが波待ちをしていた。
それを見てボクたちは目を合わせて笑ったよ。
「お互いバカだったね、すごく良い波だったんだから、
順番に乗ればよかったのにね」って話したんだ。

59 バンフのお化け

外国のホテルにもおばけが出るって、知ってますか？

カナダのバンフで泊まったホテル。

なんとなく気持ち悪いのは、廊下がカーブになっていること。

普通、ホテルの廊下は一直線で、
両側に部屋がある。

でもそのホテルは片側にしか部屋はなく、廊下は微妙に曲がっている。

それが、ボクには怖くて仕方なかった。向こうから、「なにかが」やってきそうで…。

そのホテルで、こんな話を聞いた。

ホテルのラウンジで、何十年もピアノを弾いているおじいさんがいた。

おじいさんは人気者で、みんなに親しまれていた。

そのおじいさんが死んで以来、もう誰もラウンジでピアノを弾くことはなかった。

ある深夜、仕事を終えたホテルマンが、家に帰ろうとしていた。ヘトヘトに疲れていた。

クルマだったけれど、帰る前に一杯飲もうと、グラスにワインを注いだ。
最後の一杯だった。
それを飲もうとした瞬間、ピアノの音が聴こえた。
ラウンジからだ…。
「おじいさん?」
そう思ったら、驚いてグラスを床に落としてしまった。
ピアノは、すぐに聴こえなくなった。
ラウンジに行ってみたが、もちろん誰もいなかった。
結局、ワインを飲めぬまま、クルマに乗ったホテルマン。
クルマを走らせていると、
普段は絶対にやっていない飲酒運転の取り締まりにつかまった。
彼は、一滴も飲んでいない。
おじいさんのおかげだ、と彼は思った。
みんなに愛されたおじいさんの笑顔を思い出した。

レイモンド・カーネの『プナヘレ』とハワイのアロハスピリット

いつのことだっただろう？ ボクのアタマにはまだ髪の毛があって、お腹も引っ込んでいた。音楽プロデューサーという仕事をやっていて、まだ家族もいなかったから、生活は自由で楽だった。おっと、間違えないで。家族があることはすばらしいよ。また別の自由がある。でもそのころは本当に勝手に生きていた。みんな、そんな時期はあるだろう？ そんなある日、ある企画で、ハワイのテレビＣＭの音に使う、オーセンティックなハワイアン音楽を見つけてくれという依頼があった。あるスタジオのエンジニアが、いい人がいると教えてくれた。スラックキーギタリストのレジェンド、レイモンド・カーネだという。さっそく、彼が住んでいたオアフ島西部のナナクリという町を訪れた。彼は最初からハグしてくるようなアロハのスピリットで、ボクを受け入れてくれた。家に上がって、彼と奥さんのエロディアと話しはじめると、仕事の内容を説明する前から笑顔でギターを取り出し、スラックキーギターのことを説明してくれた。そして彼は真顔で、ギターを口にくわえてみてくれと言ってきた。ボクはそれがジョークかどうかわからなかったので、言うとおりギターをくわえた。すると彼は弾きはじめたんだ。ギターの振動がボクの歯を通って、カラダ全体でスラックキーギターの音楽を感じた。そして仕事の内容を説明すると、彼はふたつ返事でOKしてくれた。レコーディングは無事に終わった。そのあと、ボクはスラックキーギターのことを調べはじめた。すると知れば知るほど、レイがどんな人かわかってきた。彼はハワイに住むスラックキーギターの最後の名人だった。それなのに、なにも知らないボクに嫌な顔せず、全然偉そうな態度も取らなかった。それからというもの、ハワイに行くたびに彼に会いに行って生のギターを聴かせてもらった。彼の家のリビングで聴いたあのスラックキーギターは一生忘れられない思い出だ。

でも気になることがふたつある。ひとつは最初の仕事でハワイの曲を注文したのに、一曲はパリの歌だったこと。ハワイ語がわからないボクへのジョークだったのかな？ そしてもうひとつ。ボクにギターをくわえろって言ったのも、ジョークだったのかな？ 結局、最後までその答えを聞くことができなかった。彼は二〇〇八年に亡くなった。たくさんのアルバムは出さなかったけれど、この一枚があればいいというぐらい『プナヘレ』は、ハワイの真のトラディショナルなアロハスピリットを感じさせてくれるものだ。

60 アナントナグの坊さん

考えてみてほしいけど、
今、もし冬で、部屋が外と同じような気温だったら、
みんな、室内でコートを着てるよね。
気温って、思い込みがあると思う。
たとえば、寒さ。ボクは、冬でも薄着なんだ。
それは、ある旅がきっかけだった。
インドからヒマラヤに入った。
標高五〇〇〇メートル。
氷河の上を歩いた。三日間のハイキング。
途中で、インドの行者に出会った。
彼らは、薄い布を一枚、まとってただけ。
ボクたちのパーティは、みんな厚手のコートを着ていた。

それだけならまだしも、彼らは、
氷が溶けてできた泉の水をカラダにかけはじめた。
これには、びっくりした。
それからだ、ボクが冬に薄着でいるようになったのは。
案外、寒いというのは、
アタマで考えているんだなって思った。
もちろん、限界はある。
本当に寒いときはあるからね。
でも、ボクは、あの標高五〇〇〇メートルで水浴びしていた
インド人を思い出すたびに、
「本当に寒い？」って、自分に訊くんだ。
ところで、部屋の温度、エアコンで寒すぎない？

61 悪いことは自分に返ってくる

その日、七里ヶ浜の海は朝からサーファーたちが絶え間なく出たり入ったりしていた。
海の中にいたほとんどの人たちは顔見知りで、
われ先にとガツガツと波に乗っていくサーファーはいなかった。
一本の波に三、四人で乗ることもあった。
そんななか、初心者レベルからなかなか脱け出せないボクのワイフは、
気後れしていたのか「ぶつかりそうで、なかなか行けない」と悲鳴をあげていた。
「轢いちゃえ、轢いちゃえ！」と言ったのは、お茶目で人気の六〇歳を過ぎた
顔見知りのサーファーだった。気にしないで行けっていうことなのだろう。
そんな彼は次の波に乗り、ボクはその次の波に何人かで乗った。
そのとき、コンッと周囲に響き渡るような音を立てて、
ひとりのサーファーのサーフボードが彼のアタマの上を通り過ぎた。
普通なら波のわきにそれて沖に出るのだが、

その顔見知りの彼はめんどうくさかったのか、真正面から沖に向かっていた。
波の真下を通過していた彼をよけきれなかったひとりのサーファーが、
彼に向かって突っ込んでしまったのだ。
ワイフが見たとき、彼のおでこは白くめくれあがっていたという。
彼は轢かれたのだ。砂浜に上がってもなかなか出血は止まらず、
彼は友人たちにつきそわれながら救急車で病院に向かった。
ボクはジョン・レノンの『INSTANT KARMA!』という曲を思い出した。
良い事も悪い事も、いずれは返ってくるといわれるのがカルマだけど、
今はインスタントな時代だから、すぐにでもことは起こると、ジョン・レノンは歌っているのだ。
そのあと、ボクがその六〇歳過ぎのベテランサーファーに会ったのは、
その事件から一か月も経たない、ハワイの海だった。
何十針も縫ったばかりのおでこに絆創膏を貼りながら、
肩ぐらいのサイズの波を楽しそうに乗っていた。
その後、彼は縫った額に、亀のタトゥーを入れたんだ。

62 八秒のパフォーマンス

カリフォルニアにあるカウボーイの町、レッドブラフでの話。
その町は、ロデオでも有名なところ。
ロデオは馬に乗るイメージがあるかもしれないけど、主役は牛なんだ。
そのロデオでは、最低八秒間、暴れる牛に乗っていなくてはいけない。
そのパフォーマンスに点がつけられる。そのロデオで満点を取った牛がいた。
レッドロック（赤い岩）という名前だった。
そいつは、とにかく強くて怖かった。荒々しい感じがよかった。
でも、レッドロックはリングに入るとどう猛だけど、牧場にいるときはすごく優しい。
ボクが、背中をなでてあげても大丈夫だったから。
それがひとたびリングに入ると、人が変わったみたいに、
いや、牛が変わったみたいにおっかなくなる。その変わり方がおもしろかった。
彼は、きっと自分の役割をわかっているプロだったんだ…。

63 しょんべん小僧

江ノ島の水族館が、まだ新しくなる前の話。

三つある水族館の公衆トイレの上に、しょんべん小僧がいたんだ。

なんだか、それがおもしろくて、いつもニコニコしながら見ていた。

あるとき、浜松町駅のプラットホームのいちばんはじに、しょんべん小僧を見つけた。

今もあるかはわからないけれど、ボクは、しょんべん小僧っておもしろいなあって改めて思った。

それで、ボクがどうしたかというとね、しょんべん小僧のルーツを見てみたいって思ったんだ。

それは、ベルギーにあった。しょんべん小僧を見るためだけに、ボクはベルギーに行ったんだ。

どんな大きな広場に大きなしょんべん小僧がいるのかって、ワクワクした。

でもね、やっとたどり着いたしょんべん小僧はびっくりするくらい小さかった。

しかも、地元の人はしょんべん小僧にまったく無関心なんだ。

すっかり、拍子抜けしたけれど、
その小さいしょんべん小僧は、とってもかわいかった。

64 サーファーの言い訳

ボクが昔住んでいたサンフランシスコでは、
でっかい波に乗るのが本物のサーファーだって言われてた。
なにしろサンフランシスコはオーバーヘッドにならないと、
波が良くならないからなんだ。
たとえばオーシャンビーチっていうポイントへ行ったら、
どんな波でも入って乗らなくちゃいけない。
でもひとつだけ、逃げ道がある。
それはサンフランシスコの「ワイズ・サーフショップ」のオーナーが教えてくれたものだ。
オーシャンビーチは乗れる波のところまで、三〇~四〇分パドルするのが普通だ。
アウトサイドのリーフブレークだからね。
波がガンガン入ってきて割れていても、
ただ、パドルしてパドルして、タイミングよく出られるのを待つしかないんだ。

で、ワイズのオーナーが教えてくれた言い訳は、こうだ。
波に乗れなくても、とりあえず海に入って出ようとすることが肝心だ。
出ようとしただけでも、認められるからね。それで許されるんだよ。
でもいくらパドルしても出られないこともある。
それはハートが入ってないからなんだけど、
一応がんばったってことをアピールできるよね。
出ようとするだけで、サーファーだって証明できるんだ。
「UNWRITTEN RULE」なんだけどね。
こんなふうにサーファーのプライドを助けるために、
どんなビーチでもUNWRITTEN RULE（言い訳）はあるんじゃないかな。
だろ？

65 え、みんなメカニック？

クルマのメカニックをやっていたころの話。
メカニック仲間たちと、ネバダ州に行った。
小型飛行機のレース、エアレースを観るためだ。
ボクたちは大きなキャンピングカーをレンタルして、
その後ろにジープをつないでネバダに向けて走った。
途中、急にクルマが重くなった。
メーターは、エンジンが熱くなってることを示している。
みんな、「きっとこのメーターが壊れてるんだよ」とか言いながら、
ワイワイ騒いでいた。
ところが、運転しているやつが、
突然、「やばい！」と言った。
なにごとかと思ったら、

後ろに引っ張っているジープが燃えている。
クルマを止めて、みんなで火を消した。
原因は、誰かがジープをつなぐとき、
ジープのギアをバックに入れちゃったらしいんだ。
それでエンジンが熱をもって、穴があいたらしい。
みんなメカニックなのに、情けない。
誰ひとり気づかず、
「メーターが壊れてる」だって。
壊れてたのは、自分たちのほうだったんだね。

66 缶を開けてびっくり！

ボクは、二〇代のころ、
髪の毛が腰くらいまであった。
それで、インドやアフガニスタン、東トルコを歩いていた。
髪を二週間洗えないことなんて、しょっちゅうだったから、
たまに洗うと、流す水が茶色だった。
それで、今度インドに行くときは清潔にと思って、
髪をばっさり切った。
その切った髪を友だちに頼んで、
アメリカにいる母親に送ってもらった。
ボクの母親は長い髪が好きで、
ボクにも「もっと伸ばせ、伸ばせ」と言っていたぐらいだ。
でも、その友だちは、髪を入れた缶に

なにも書かないで送ってしまった。
もらった母親はびっくりしたらしい。
ボクの名前で届いた缶の中には、ボクの髪。
もう、息子は死んだと思ったらしい。
本当にびっくりしたらしい。
でも母親は、その髪をずっと大事に持ってくれていた。
その母親は昨年、ボクの誕生日の前日に亡くなった。
まるで命日は覚えておいてね、というように。

ボクの家の火事で溶けてしまった バドーフ&ロドニーの『オフ・ザ・シェルフ』

ボクは高校生だった一九七二年から一九七三年の夏にかけて、立川の米軍キャンプに住んでいた。高校二年の夏、仲間たちと公園でアメフトをやっていたときのことだった。何台もの消防車が赤いランプを点灯しながらサイレンを鳴らして、ボクたちが遊んでいた公園の前を横切った。ボクたちはアメリカのふざけた高校生だったので、みんなで「ゴー、ゴー!」と叫んで消防車を応援していた。すると、最後に走っていた消防司令の乗る消防車が急に止まってボクたちに叫んだ。「おいカックル、おまえの家だぞ!」。そう、自分の家が火事だったんだ。ボクは消防司令の車に乗せてもらい、家まで連れていってもらった。家まですごく長く感じた一〇分間だった。家に着くと、家はほとんど焼けていたけど、奇跡的にボクの部屋だけ焼けていなかった。建て増しをした部分だったおかげで、火が回らなかったらしい。

当時、ボクは、ビートルズの映画『ヘルプ!』に憧れて、床より下に寝床があるSUNKEN BEDがどうしても欲しかった。でもコンクリートを掘ることはできないので、床を全体的に五〇センチぐらい上げ、カスタムでつくってもらった長い畳を一枚入れてベッドにしていた。周りにはレコードを入れるラックとレコードプレイヤーを入れるスペースをつけた。ボクのレコードは熱の影響を受けず、ほとんど無事だったけれど、友だちから借りていた一枚のレコードだけが溶けてしまった。返そうと思って、壁にある本棚に入れてあったからだ。それがこのアルバム、『オフ・ザ・シェルフ』だったってのは皮肉だね。バドーフ&ロドニーはヒットシングルこそなかったけど、一九七〇年代にはカルトバンドとして注目されていた。『名前のない馬』に代表されるアメリカのスタイルだけど、長いアコギのインストがたっぷり入っていて、ジャムバンドのような要素もある。カリフォルニアの太陽を思わせるイージーなハーモニーがふんだんに入った曲ばかりだ。しかし彼らは、残念ながら一九七〇年代の隙間に落ちてしまったバンドのひとつだ。一九七〇年代に三枚もレコードを出して注目はされたけど、すべてレーベルが違っていたので、プロモーションがしっかりできていなかった。もし三枚とも同じレーベルで出していたなら、イメージや売り方にも統一感が出て、もっと売れて有名なバンドになっていたに違いない。

話は戻るけど、あの火事の日、なぜ消防司令がボクのことを知っていたのか、今でも不思議なんだ。会ったこともなかったのに…。

クルマの模型コンテスト

小学六年のとき、町のおもちゃ屋さんが主催したクルマの模型コンテストがあった。ボクは手先が器用だったから、絶対優勝したいと思った。クルマも大好きだったし。ボクは、二台、模型をつくった。ひとつはスーパーカー。もうひとつは最高の自信作「ムスタング」。エンジンに釣り用のワイヤーを使ったり、シートカバーまでつけた。「これで、優勝だ!!」。完成して、喜び勇んでおもちゃ屋さんに持っていった。途中、アルマジロが死んでいた。すっごく臭かった。臭いと思った瞬間、ボクは転んでしまった。ムスタングはめちゃくちゃ。仕方なく、もうひとつのスーパーカーを持っていった。結果は二位。「ああ、ムスタングだったら絶対一位だったのに」。悔しかった。本当に悔しかった。だから、いまでも町でムスタングを見ると、気持ちは複雑だ。

ウサギの肉

小学一年くらいのとき、鎌倉に住んでいたんだけれど、近くにハンガリーの人がいた。父親の友だちだった。ボクは、その家がなんだか好きで、よく遊びに行っていた。日曜日の夜、その家で『エド・サリヴァン・ショー』を観るのが楽しみだった。おいしいチキン料理も出してくれた。庭にはウサギがたくさんいて、そのウサギと遊ぶのもおもしろかった。ウサギがかわいかったから。あるとき、そのウサギの数がどんどん減っているように見えた。おかしいなあと思いながら、でも、いつしか忘れてしまった。大人になってから、ふと思い出して、その話を父親にすると、父親がこう言った。「おまえが食べてたのは、チキンじゃないんだよ」。ボクは、それからしばらくチキンが食べられなくなった。

眠るということ

父の日というと、海とヨットに乗った父親の笑顔を思い出す。ボクはね、たいへんなことがあったり、悩んだりするとね、まず寝ちゃうんだ。眠れば、スッキリしたアタマで考えることができるから。ボクは、どんなところでもすぐに眠れてしまうんだ。すっごい大きな物音がしてもだい

じょうぶ。

「なんでだろう?」って考えた。ボクは、小さいころ、鎌倉の江ノ電が目の前を走る家で育ったんだ。窓の真ん前を、ガタンゴトンって、江ノ電が走る。そんななか、寝ていたんだ。だからだと思うんだけど、どんなにうるさいところでもぐっすり眠れる。みんな、びっくりするよ。あ、そんなボクでもすぐに起きてしまうことがあった。それは、「ジョージ!」って名前を呼ばれること。小さいころ、お父さんに怒られたことを思い出すのかもしれないね。

George Cockle を知るヒント

第6章

結局、こんなふうになれたらいいと思う

WOULDN'T IT BE NICE?

67 父とヨット

ボクの父は、ヨットが大好きだった。
父は小さいころ、自分で一メートルぐらいの大きさのディンギーをつくった。
それを近くの池に持っていって、浮かべた。
そして、それに乗ろうとしたとき、
通りかかったおまわりさんに注意された。
父は、おまわりさんにこのヨットがいかに危なくないかを説明した。
ふと、ヨットを見ると、ぶくぶくと沈んでいた。
第二次世界大戦の最中に、
こんどは五メートルのヨットをつくった。
ロングビーチのヨットハーバーに浮かべると、
戦争中だから、港から出てはいけないと言われた。
哀しいことに、父のヨットが港から出ることはなかった。

日本に来てからも、さっそく父はヨットを持った。
毎週、油壺に行った。
幼いボクも、かならず連れていかれた。
本当をいうと、ボクは友だちと野球をしたかった。
でも、無理やり連れていかれた。
今、思うと、感謝している。
だって、父は海を教えてくれたから。
ヨットとサーフィンで、
海がいかにすてきなものかを、伝えてくれたから。
アメリカに帰っても、父はヨットを持っていた。
ある年、急に父はヨットを売ってしまった。
その年、父は亡くなった。

68 リスペクトということ

オークランドのブルーズバーで、
よぼよぼのブルーズマンに出会った。
彼の名は、
ミシシッピ・ジョニー・ウォーターズ。
お世辞にも、決してうまい演奏ではなかった。
ボクは、なんでこんなに有名なバーで
彼が出ているのか、不思議だった。
それからしばらくして、またそのバーに行った。
彼はいなかった。彼は死んでいた。
訊けば、「ミシシッピはガンだった」という。
大好きなブルーズを
最後まで演奏させてあげようという、

店主のはからいだった。
あるとき、偶然、テレビで
昔のブルーズマンの特集をやっていた。
その番組を観ていたら、
見たことのあるミュージシャンが出てきた。
ミシシッピだった。
若いころの彼は天才だった。
そのブルーズには魂がこもっていた。
かっこよかった。
ボクはわかった。
店主はミシシッピにリスペクトをもっていた。
だから、彼にふさわしい場所を与えたのだ。
店の主も、本当の意味で、ブルーズマンだと思った。

69 ワイズ・サーフショップとオーシャンビーチ

サンフランシスコに一軒しかない「ワイズ・サーフショップ」という店に、
ボードやウェットを買いに通っていたんだけど、
ここのオーナーはオーシャンビーチのローカルなんだ。
オーシャンビーチのサーファーはフォート・ポイントに入るサーファーを見下していたので、
ボクが店に行っても誰も話しかけてくれなかった。
その理由は、フォート・ポイントはチャンネルがあって、髪の毛を濡らさずに出られるから。
オーシャンビーチのローカルにとって、それは男じゃないんだ。
オーシャンビーチのダブルの波に乗れるようになるには、まず頭サイズの波に乗れて、
次に頭半の波に乗れるようになって、はじめてダブルの波が乗れるんだ。
なぜならば、インサイドのスープを抜けられないと沖に出られないから。
ディープウォーターの波だから、ドルフィンスルーはできない。
ダブルの波のスープが来たら板を沖に放り投げて、まっすぐ泳いで、

スープを抜けたら板のリーシュを引っ張るんだ。

こうして徐々に、大きなサイズの波に慣れていかなければならない。

ある日、波がバカでかいときに、友だちとふたりでオーシャンビーチに行ったんだ。

友だちは、でかすぎて入らないって言うし、ボクもビビっておしっこが漏れちゃったけど、
ポイントには四人ぐらいいたから、気合いを入れて海に入った。

沖に出るのに四〇分ぐらいかかったけど、なんとか出られた。

で、周りを見るとボクひとりで、ほかに誰もいないんだよ。

急に独りぼっち。みんな、海から上がっちゃったんだ。

沖からでっかいうねりがやってくるんだけど、怖くて乗れない。

パドルをはじめるんだけど、乗る気がないから本気で漕いでないんだよね。

でもがんばってやっと乗れた波は、うねりが見えたその瞬間に波に乗れていたんだ。

集中してたから、沖から来る波しか見えなくて、周りの音も消えていたんだ。

波を感じたら無意識にパドルしていて、
次に自分がどこにいるか気づいたのは、ボトムターンをしているとき。

ボトムターンしたときに憶えているのは、波に遮られて太陽が見えなかったこと。

初めて大きな波をメイクできていたというわけ。

ダブルちょっとしかなかったかもしれないけどね。

何人か入ってきて、言うんだよ。

「今の波、見ていたよ。ワイズのオーナーも見ていたよ」って。

彼らはすごくフレンドリーなんだよ。いきなりボクを尊敬してくれたんだね。

岸から見ると、きっとすごく良い波に乗ってたんだろうね。

ワイズの店長も海に入ってきて、「あんな波はそうないぞ」って言うから、
たぶんパーフェクトな波だったんだ。

海から上がったあと、ワイズに行ったんだけど、みんなで歓迎してくれるのかと思ったら、
店にいるサーファーたちは誰もボクの顔も見ないし、知らんぷりしている。

ボクが乗ったあの波の話とか、なんにもないんだよ。

海ではあれだけ話しかけてくれたのに、店では相変わらず無視。

「あっ、入ってきたんだ」ぐらいの感じで…。

居心地が悪かったんでワックスを買って帰ろうとしたら、オーナーが来て、

「もう頭ぐらいの波にドロップインされても関係ないだろう」って言ってくれたんだ。

そのひと言こそ、オーシャンビーチのローカルとして認めてくれた言葉なんだよ。
「混んだところに入って、誰かにドロップインされても怒る必要はないよ。
ああいう波に乗っているんだから、頭ぐらいの波なんか気にするなよ」っていう意味なんだ。
それは褒め言葉で、仲間に入れてくれた証なんだ。
オーナーと話したあと、店を出ていくときになって初めて、
みんな笑いながら、あごの挨拶をしてくれたんだよね。
それからはオーシャンビーチに入ると、みんな気軽に声をかけてくれる仲になったんだ。
ワイズ・サーフショップは、サーフボードかウェットしか売っていないプロショップで、
Tシャツもメーカーのロゴが入っているシンプルなものだけ。
ウェットスーツは品揃えが豊富で、四社ほどのメーカーの製品を置いていて、
合うウェットが選べるようになっている。サンフランシスコではウェットは必需品だからね。
またワイズにはいろんなシェーパーの板が置いてあって、
地元のビッグウェーバーに人気だったのがブラッドショーのビッグガンで、
九フィート六インチから一一フィートまでサイズが揃っていたね。
ある日、リンデンの八フィートの板でオーシャンビーチに入っていて、

板を折ってしまったんだ。板を折ると、「あーあ、やっちゃった」と思うんだけど、
気持ちは「やったー！」っていう感じなんだ。
板を折ったことがうれしいんだね。それでワイズに走っていって、
オーナーに「アイ・ニード・ボード」って言ったら、「好きなのを持っていけ」って言うから、
選んだニューボードにワックスを塗って
またオーシャンビーチに戻ってサーフィンしたんだ。
数日後にお金を持ってワイズに行って、オーナーに、「あの板、いくらですか？」って訊いたら、
「いくらだったかな。調べておくから」って言う。
サーフショップのオーナーが板の値段がわからないっておかしいじゃない。
また、その数日後に行っても、「ジョージ、わからないからって…」って、
オーナーは値段を言ってくれない。マネージャーに訊くと、
「ボスに訊いてくれ」って言うし。
それを何年かやっていると、もうそれが冗談みたいな掛け合いになっちゃうんだ。
サーフィンをあまりやらなくなってからしばらくして、
昔のオーシャンビーチの仲間たちと飲んだとき、

ちょうど話題がその話になったら、隣のやつが
「ジョージ、板をもらったの？　おれはウェットもらったよ」って言う。
そしたらほかのやつらも、「俺は板をもらった」、「俺はウェットもらった」って、
みんなオーナーからなにかもらっているんだよ。
それまではボクだけ特別だと思っていたのに、
じつはオーナーが認めたサーファー全員に、なにかあげていたんだ。
ストーリーはみんな同じで、払いに行くと、
オーナーのボブが払わせてくれないんだって。
彼はあげたとはぜったいに口にしないし、もらったやつも黙っていた。
プロサーファーにはスポンサーしないけど、
地元のローカルたちにはちゃんとテイクケアしているんだ。
みんな、自分たちだけだと思っていたから、その場は大笑いして盛りあがったね。
それが昔気質のサーフショップなんだね。
最近、ボブに会ったときに、ボクが冗談ぽく「まだ払ってないんだよね」って言ったら、
「いいよ、お金が必要になったら、みんなに電話するから」って言っていた。

70 宇宙のカウボーイ

テキサスに、
ターリングアって村がある。
すっごい田舎で、ある十字路があって
その角に郵便局があるんだけど、
そこ、バーとつながってた。
何十人かくらいしか住んでない村なんだけど、
年に一回、大物ミュージシャンが来ていた。
ウィリー・ネルソン。
原っぱに、みんな集まって、彼の演奏を聴くんだ。
そこに集まってくるのは、カウボーイなんだけど、
普通のカウボーイじゃない。
ヒッピーみたいに髪が長い。

みんなピースを叫ぶんだ。
そんなカウボーイのことをね、
英語で「コズミック・カウボーイ」っていうんだ。
宇宙のカウボーイ。
ウィリー・ネルソンも、
本当に楽しそうに演奏する。
ボクは、そんな場所で聴く、
カントリーが大好きなんだ。
人生はすばらしい！　って思えてくるからね。
音楽は、いつも聴くのにふさわしい場所があるね。

71 ロンドンのバス

このあいだ、ロンドンに行って、
昔の古いバスが街を走っているのを見て、
『シティー・オブ・ニューオリンズ』
という曲を思い出した。
スティーブ・グッドマンがつくった曲で、
アーロ・ガスリーも歌っている。
アメリカでいちばん有名な列車の歌なんだ。
それは、汽車の時代が終わったのに、
必死で走っている機関車の歌だ。
「鉄のレールは、ニュースを聴いていない」
というフレーズがある。
ロンドンの古いバスも、

時代が変わったことを知らないかのように走っている。
でも、プライドを持っている。
その姿は、
今もシルクハットをかぶり、
蝶ネクタイをしめた
イギリスのジェントルマンみたいに見えた。
「街は変わった。でも、おれは変わってない」
そんな男の誇りが伝わってきた。

72 ロックは音楽だけじゃない

実在するロックンローラー、
ジョニー・キャッシュを描いた映画は
すごくよかった。
彼は、刑務所に慰問に行って歌うんだ。
刑務所の看守は
「犯罪の歌はやめてくれ」って言うんだけど、
彼は一曲目から
ドラッグや犯罪の歌を歌った。
刑務所には、
もう一生そこから出られない人もいるんだけど、
彼らはその歌を聴いて
「ああ、自分のことを歌ってくれてる」って思う。

それが罪を犯した自分への反省になったり、
苦しみをやわらげたりしてくれるんだ。
罪を犯した人の前では、
罪の歌を歌う。
ジョニー・キャッシュが言いたかったことは、
ロックは社会の鏡。
ロックンロールは
音楽という「枠」だけじゃ
語れないってことだと思ったんだ。

もうひとりのドノヴァン

あれは中学生のころのこと。あるとき、友だちから借りたドノヴァンのベストアルバムを、父親からもらった折りたたみ式のレコードプレイヤーで聴いていたら、なんとプレイヤーがひっくり返ってギギーッとレコードに傷が入ってしまった。小心者のボクは友だちに返しづらくなり、逆に、毎日のようにそのアルバムを聴いていた。しかしそれが、ボクがドノヴァンに熱い気持ちを抱くきっかけとなった。

ドノヴァンといえば、今やアメリカのドノヴァン・フランケンレイターのほうが、知名度が高くなってしまった。特に海のそばやサーファーのあいだではね。でも、ボクが聴いていたのはスコットランドのドノヴァンのほうだ。彼の本名はドノヴァン・フィリップス・レイッチっていうんだけど、当時は、ただドノヴァンと呼ばれていた。ドノヴァンは一九六五年のデビューから一〇曲以上のヒット曲を出し続けた。『カラーズ』、『キャッチ・ザ・ウインド』、『サンシャイン・スーパーマン』、『幻のアトランティス』、『メロー・イエロー』などなど、たくさんの曲がチャートインした。しかも彼は基本的にアルバムアーティストではない。ヒット曲はキャッチーでメロディアスだったが、アルバムではヒッピーすぎたり、甘かったり、ときどきは子供っぽかった。当時の彼のアルバム『ハーディー・ガーディー・マン』にはロバート・プラントを除くレッド・ツェッペリン結成前のメンバー、『バラバジャガ』にはジェフ・ベック・グループが参加している。またドノヴァンは ボブ・ディランの映画『ドント・ルック・バック』にも出演している。ビートルズとも仲が良く、一緒にマハリシ・マヘーシュ・ヨーギーに会いにインドまで行っている。ドノヴァンは、一九六〇年代のスーパースターだった。

ボクが傷つけたのはベストアルバムだったけど、このあとにリリースされた『オープン・ロード』というアルバムが、ボクはいちばん好きだ。メローで、キャッチーで、毎日聴き続けられる曲ばかりがおさめられている。エレキのギターがメインなのに、アコギの味がたっぷりだ。そのなかの一曲『リキ・ティキ・タビ』はラドヤード・キップリングの名作『ジャングル・ブック』の中のショートストーリーで、ヘビを殺すマングースのキャラクターをベースにした歌だ。ドノヴァンはそのストーリーを少し変えて、ヘビを殺すことをマングースに任せるのではなく、自分で殺せ。つまり大人になったら、もうマングースはいないんだから、自分で責任をとれと言っている。このアルバムでドノヴァンは、無責任なヒッピーの一九六〇年代は終わった、みんなが大人になる、ということをテーマにしていた。しかしこのアルバム以降、彼のヒットは次第にすくなくなっていく。まるでメロディーセンスに逃げられたように、二度と以前のクオリティやレベルには上がれなかった。きっとレコード会社の問題と、彼自身のバーンアウトじゃないかなと思う。やる気がなくなったんだろう。最近このアルバムを聴いていると、ドノヴァン・フランケンレイターも、そしてジャック・ジョンソンも、この人の音楽に影響されているのかもしれないと思う。ドノヴァンはアコースティックギターのメローなロックの、元祖のようなテイストがあるからだ。ちまたでは、ドノヴァン・フランケンレイターのほうの名前をよく聞くから、逆にスコットランドのドノヴァンを思い出した。そしてこのアルバムを買ってからというもの、毎日のように聴いては心を和ませているんだ。

さて、傷つけたベストアルバムは、結局友だちから「返してくれ」と言われ、数か月後におそるおそる返した。でもそんなボクの心情とは裏腹に、友だちは傷のことなど気にせず、笑って受け取ってくれた。ボクはドノヴァンに深く触れられたことと、笑って許してくれた彼に、同時に感謝したんだ。

73 ロバート・オーガストのこと

サーフィンをはじめた当時、初めてロバート・オーガストに会ったときに、
これがサーファーだなって思った。
冗談好きのロバート・オーガストにはこんなエピソードがあるんだ。
あるとき、ロバートがビーチでサーフィンを見ていたら、子供が近寄ってきて、
彼に「ロバート・オーガストが海に入っているって聞いたんですけど」って言うので、
海にいるいちばん下手なサーファーを指さして、
「あいつがロバート・オーガストだよ」って答えたんだって。
で、その子供はロバートが指さしたサーファーを見て、
「あいつ、うまくないじゃない」って言ったら、
ロバートは「みんなが言うほど、あいつはうまくないんだよ」って答えたんだって。
そういうジョークを言えないと、サーファーじゃないんだよ。
「おれ、おれ」って主張するのは、サーフィンのことがわかってないんじゃないかと思うもの。

ロバート・オーガストのもうひとつのエピソード。

誰かが来て、ロバートと握手した。「あっ、ロバートさんじゃない」って。

そしたら海パンでビーチに立っていたロバートは、海パンをはいて立ったまま
おしっこをジャーってしちゃうんだって。握手した相手の手を放さないまま…。

相手は逃げようとするんだけど、ロバートは手を放さないんだよ。

ロバートって、そういうウィットに富んだ本物のサーファーなんだね。

だからボクはいつも、なんで日本人はあんなにカッコつけちゃうんだろうって思うんだよ。

ロバート・オーガストはハンティントンビーチのローカルで、
お父さんもブラッキー・オーガストといって、とても有名なサーファーなんだ。

ロバートは名前もまさにサーファーじゃない。オーガスト＝八月だよ。

すごい名前じゃない。

サーファーにとって、最高の名前だよ。

コスタリカにある彼の家に行っても、彼はいつも笑っていて、
彼らとサーフィンしていると、みんなふざけているんだよね。楽しく笑ってサーフィンしている。

彼はシェーパーで、映画『エンドレスサマー』に出て有名になったんだ。

オーガストと『エンドレスサマー』、すごい取り合わせだよね。
またあるとき、ロバート・オーガストというブランドを継ぎたいっていう若者が現われたんだ。
周りの友人たちはロバート・オーガストという名前が
だめになっちゃうって心配して忠告したんだけど、
オーガストは「おれは気にしないよ。おれが死んで、名前がどうなったって、関係ないよ」って
答えたんだって。かっこいいよね。
海に一緒に入っても波を盗まないし。
ロバート・オーガストのライダーになりたいって、
たくさんサーファーが来たんだけど、そのとき彼は、
「おれよりうまければいいよ」って言ったんだとか。
ロバートとはウィングナットを通じて知り合ったんだけど、
彼の会社のシェーパーのマーク・マーチンソンとも友だちになった。
彼は元世界チャンピオンだよね。
マーク・マーチンソンもロバートと同じ感じの温かい人で、
いつもにこにこしているんだ。

彼はサーフボード一本シェープすると、外に行ってビールを一本飲むの。
彼と一度、コスタリカに行ったとき、海には五人しか入っていないのに、
彼の番が来たとき、ほかのひとりが波をスネークして乗っていっちゃった。
そしたら、マークは、「なんでおれの番なのに、行っちゃったの?」って言うんだよ。
そういう考えなんだよ、向こうのサーファーは。
ガツガツしないで、余裕があるんだね。だから彼は不思議がっているんだ。
「なんで? 一緒に来たのに…」ってね。
サーフィンをしている人で、意地悪な人はいないはずなんだよね。
サーフィンのようなすばらしいスポーツをしていたら、
みんな、波をシェアしたいって思うはずなんだよ。

74 社長からの電話

ハワイで、レゲエバンドの
プロデューサーをやっていたときの話。
ある日突然、ボクに電話が来た。
電話の向こうで、その相手は、
自分はアイランド・レコードの社長、
クリス・ブラックウェルだって言うんだ。
もちろん、最初は友だちのいたずらだと思った。
クリスといえば、
ボクが大好きなボブ・マーリーやU2をこの世に送り出した人。
そんな人が、直接電話してくるはずがなかった。
でも、それは夢でもいたずらでもなかった。
彼、本人だった。

彼は「きみがプロデュースしているバンドはすごくいいから、
がんばりなさい」と言ってくれた。
「なにかあったら、連絡してきなさい」ってつけ加えた。
ボクは、もう言葉が出なくなったよ。
直接、電話をかけてくる社長なんて、
彼しかいなかった。
結局、クリスは会社を人にゆずり、
話は実現しなかったけれど、
ボクには忘れられない電話になった。
だからボクは、今でも気になるＣＤやバンドがあると、
直接電話することにしている。

75 イギリスの運河にて

ずいぶん前の話になるけど、
ボクは、父親と母親と一緒に
イギリスを旅していた。
田舎のほうの運河を船でめぐっていた。
船はときどき岸に着いて、
そばにあるパブでボクたちは休憩した。
そこで、あるイギリス人が
アジア人の悪口を言いはじめた。
ボクの父親はアメリカ人で、母親は日本人。
母親はそこにはいなかったけれど、
父親とボクは、その話を聞いていた。
ボクは、とっても複雑な気持ちだった。

父親は、黙って聞いていた。
そのイギリス人がいなくなったあと、
自分たちの船にもどってから父親はポツリと言った。
「あいつ、バカだなあ」って。
そのとき、ボクは思った。
父親は、こういう思いを
今まで何度も何度も経験してきたんだろうと。
静かに耐えた父親を
「強いな、かっこいいな」と、思った。

あとがき

新しい旅はいつも目の前にある。

この本に登場するストーリーは、ボクが偶然に遭遇した体験や経験だ。歳を取ってくると、こういったあてのない旅での新たな出会いや、すばらしい体験はすくなくなってくる。でもね、こないだライザップをやって、おもしろくて新しい経験をしたなって思ったんだ。

ボクは二〇年ものあいだ、痩せようと思っていろんなダイエットを試したけど、痩せることができなかった。それで、ライザップをやりはじめて、ボクは二〇キロ痩せた。そのプログラムは、その日食べたメニューとやったエクササイズをメモして、自分を管理するものなんだけど、毎日そのメモを見て、今日は多めに食べたから明日は少し減らそうとか、考えるようになった。そのおかげで、痩せることができちゃったんだ。ボクは二〇キロ太るのに二〇年かかったけど、ダイエットをはじめて二か月で二〇キロ痩せた。二〇年前の体重に戻ったと実感できた。すこしずつ痩せるとわからないけど、一気に痩せると、こんなにカラダが軽かったのかと実感できるんだ。

それから太っていたとき、ボクは睡眠時無呼吸症候群だったので、毎晩五〜六回起きてしまい、毎日昼寝をしていた。でも痩せてからそれがなくなって、昼寝をしなくなったぶん、やりたいことがたくさんできるようになったんだ。今まで痩せようと思ってもできなかったけど、システムがちゃんとしているとできるんだよね。何度もトライしてできなかったことができたから「なんだ、誰でもできる！」って、思った。痩せると、人生が全然違う。痩せることはひとつだけを除いて全部プラスだったんだ。昔のジーパンがはけるとかね。マイナスだったのは、海の中で性格が悪くなったこと。前は、「行っていいよ、行っていいよ」と波を譲ったけど、痩せてからは全部自分の波になった。カラダが軽くて動けるんだ（笑）。ダイエットはシステムが見つかれば、できるんだと思ったね。

プログラムが終わって半年経った今でもリバウンドがない。毎日体重計に乗って、何を食べたかを頭の中に入れておけば、コントロールできる。ダイエットはライフスタイルを変えなくても、考え方を変えるだけでいいんだよ。歳をとってもそういう新しい経験がいつでもあるなと思ったね。ボクにとって、このルージングウエイト（減量）の旅は最高だったよ。

そして、この原稿を書いてから、二年近く経った。ボクは残念ながらリバウンドしてしまった(笑)。せっかく二〇キロ痩せたのに、もう一〇キロ太ってしまった。ダイエットをやっているときは本当にビールは飲まず、炭水化物も食べていなかった。でもこの数か月、すこしずつビールを飲んだり、炭水化物を食べていたら、案の定、すこしずつ体重が増えてきてしまった。急に痩せたときはカラダが軽くなったことがよくわかった。でもすこしずつ太ってくるとあまり気づかないものだ。最初は大好きなクロワッサンを食べはじめた。だってパンの生地はほとんどない。ほとんど空気でしょ？　と、自分を納得させながら食べてた。ここからだんだんエスカレート。ビールまで飲んだりしてね。だって暑いときはビールがいちばん美味しい。

昔、クルマのメカニックの仕事をしているときを思い出した。車はだいたいどこか調子の悪い場所があるものだ。でも、職人はよっぽど調子が悪くない限り直さない。車全体にどのくらい負担をかけているかがわかっているから直さないんだ。たとえばアクセルのペダルが引っかかっていたら、どういう感じでアクセルを踏めば引っかからないかわかるからね。いつでも直せるから直さないんだ。ボクのダイエットもそれとおなじ。なにを食べなければ痩せるとわかっている。それがわかっているだけで満足しているんだ、頭の中では。でも、食べたいものを食べて、飲みたいものを飲んで、生きていきたいよね。ボクは自分で普通の食事をしていると思っているけど、間違っているのだろう。ひとりひとり、カラダが違うから、自分にとっていちばん良いバランスを知って食べなければいけないね。これはライザップで学んだことだ。痩せた体重をキープするのも、すごく努力が必要だ。頭の中でわかっててもダメだね。やっぱりボクは失敗した。心までダイエットの気分になっていなかったんだね。

よっし、そろそろまたダイエットをはじめようか。それとも、夢の中であのアクセルのペダルでも直そうか。う〜ん、明日にしとこう。

STAFF

著者	ジョージ カックル
イラスト	花井祐介
企画	小学館女性メディア局コンテンツビジネス室
デザイン	ohmae-d
編集	岩﨑僚一
編集協力	足利蓮、今野敬介
制作	長谷部安弘、星一枝
販売	中山智子、根来大策
宣伝	野中千織
SPECIAL THANKS	Bueno! Books 、森下茂男

イラスト 花井祐介

50〜60年代のカウンターカルチャーの影響を色濃く受けた作風は、日本の美的感覚とアメリカのレトロなイラストレーションを融合した独自のスタイルを形成している。シニカルでユーモアたっぷりなストーリーを想起させる作風は国境を越えて多くの人達に支持され、アメリカ、フランス、オーストラリア、ブラジル、台湾、イギリス等、様々な国で作品を発表。現在までにVANS、NIXON、BEAMS等へのアートワークの提供など、国内外問わず活動の幅を広げている。
http://hanaiyusuke.com

ジョージカックルの WELL WELL WELL
スローでメローな人生論

2019年9月7日 初版第1刷発行

著者 ジョージ カックル

発行人 嶋野智紀

発行所 株式会社小学館
〒101-8001
東京都千代田区一ツ橋2-3-1
☎03-3230-5697 編集
☎03-5281-3555 販売
印刷所 大日本印刷株式会社
製本所 牧製本印刷株式会社

ISBN978-4-09-388721-2